「１９７１Ｍの死」

「１９７１Ｍの死」は一九七一年六月一八日に私が体験したことを素材にした小説である。Ｍとは町田宗秀のことである。その日は日米政府による「沖縄返還協定」締結に抗議する県民大会があった日である。私は県民大会に参加した。それから偶然が重なり、私は町田が琉球大学男子寮で殺される数時間前に一緒にいた。私が書いたのは学生運動のことではない。古い沖縄の因習に縛られてあがいている二人の若者の姿である。

「六月のスイートコーン」

戦後のベビーブームの時に生まれた私の同世代の人間の多くは長男である。中卒、高卒、大卒に関係なく本土就職した長男は沖縄に呼び戻された。古い因習の強い沖縄はある意味精神力の強い社会である。そんな沖縄を問題にしたのが「六月のスイートコーン」である。本土就職した祐一は東京で結婚した後に沖縄に呼び戻され、妻の美代は沖縄の因習に耐えられず東京に帰る。再婚した祐一の長男は東京で結婚したが妻の鶴子は沖縄に呼び戻そうとする。その妻は死んだ。苦い思いを自分の長男には味合わせたくない裕一の心を描いた。

「浜の男と女」

生まれの女は沖縄に住むことを決める。東京で神経が傷ついた男は療養のために沖るが、傷が癒えたので東京に行こうとする。そんな男女が出会い恋に陥る。明日男へ帰る。女は沖縄で一緒に住もうという。深夜から朝までのノンストップ小説。

目次

１９７１　Ｍの死

　学生運動やら演劇クラブでの酒と論争やらの日々を過ごしたせいで、私は多くの単位を落としていた。琉球大学の国文学科に入学して五年が経過していたが今年も卒業の見込みがなかった。

　一九七一年六月一七日、五年次の私は三年次の学生と一緒に中世文学の講義を受けていた。古典に全然興味のない私だったが卒業するためには必修科目の中世文学を受講しないわけにはいかなかった。窓際に座り、教授の講義を念仏のように聞きながら、青空と白い雲の下の慶良間諸島や遥か遠くに見える読谷飛行場の像のオリをぼんやりと眺めているうちに講義の終了のベルは鳴った。五年次の私には親しい学生はいないので講義が終わっても雑談する相手はいなかった。講義が終わるとすぐに講義室を出た。生協の食堂でカレーライスを食べ、それから崖道を下って、トタン屋根の我が演劇クラブ室にでも行こうかと思いながら廊下を歩いていると、背後から、

「先輩」

聞き覚えのある声がした。振り向くと一年後輩の礼子だった。

「先輩、明日、与儀公園で県民大会があるけど、参加できないですか」

礼子は私を県民大会に誘った。学生運動と距離を置くようになっていた私は県民大会に参

加したくなかった。

「県民大会かあ。ううん、どうしよう」

私が県民大会に行くのを渋っていると、

「なにか用事があるのですか」

と、礼子は訊いた。

国文学科委員長をしていた頃は私が礼子を学生集会に熱心に誘ったし、県民大会などに何度も一緒に参加した。礼子は運動音痴で弱虫であったが、デモの時に機動隊にジュラルミンの盾でこずかれて怪我をしたり、一部の学生が火炎瓶を投げつけたために機動隊に襲われる怖い体験をしても学生運動に参加し続けていた。礼子とは違い、学科委員長を辞めてからの私は次第に学生運動に距離を置くようになり学生集会や県民大会などに参加しなくなっていた。

「明日は家庭教師の仕事があるんだ」

「無理ですか」

「無理かもしれない」

「できたら参加して欲しいです」

いつになく礼子はしつこく私を県民大会に誘った。今までも何度か学生集会や県民大会に誘われたが私はヤボ用があるといって断った。その時は、「それでは次には参加してください」といって礼子は私を誘うのをあきらめた。しかし、今日の礼子はすぐにはあきらめなかった。家庭教師をする家はどこですかと聞いたり、家庭教師の日を変更できませんかと聞いたりした。礼子は来年卒業する。就職活動もあるし県民大会や学生集会に参加するのをそろそろ終えようと思っているのだろう。だから、私を県民大会に誘っているのかもしれない。礼子と話しているうちに、私は礼子の誘いを断るわけにはいかないと思った。

家庭教師をやる家は那覇市の立法院の近くにあった。立法院前から市内線のバスに乗れば開南を通って与儀公園まで直行で行ける。家庭教師を早く終われば県民大会に間に合わせることができるだろう。

「家庭教師を早く切り上げれば県民大会に間に合うかもしれない」

礼子はほっとしたように微笑んだ。

「そうですか。よかった。それでは、明日の県民大会で」

と言って、礼子は去って行った。

一九七一年六月一八日、私は家庭教師の仕事を早めに終わって、スーツに革靴のまま与儀公園に行った。その日の県民大会は、宇宙中継によって東京とワシントンで結ばれた「沖縄返還協定」に抗議する県民大会であった。日米政府による「沖縄返還協定」締結によって、来年の一九七二年五月一五日午前0時に沖縄の施政権がアメリカから日本に返還され、沖縄県が誕生することになる。

バスを降り、与儀公園に入った私は、公園に並んでいる団体の中に琉球大学自治会の学生集団を探したが、見つけることができなかった。変に思いながら公園内を見渡すと、大会場の後ろの方に白いヘルメットの集団が見えた。近づいていくと、琉球大学の自治会長がハンドスピーカーを握り、県民大会の議事進行を無視して、公園の芝生に座っている学生たちに向かってがなり立てているのが見えた。私は学生集団の中に礼子たちを探した。手を上げている女性が目に入った。見ると礼子だった。私は後輩の学科委員長に「よっ」と挨拶をしてから礼子のいる集団に混じった。

礼子たちは四年次であり来年は卒業するので、私たちの雑談は卒業の話になった。

「卒業したらなんの仕事をするんだ」

「中学校の先生よ」

「え、弱虫のお前が中学校の先生になるのか。いじめられて泣かされるぞう」

私がからかうと、

「仕方ないでしょ。他にいい仕事がないもの。先輩は今度卒業できるの」

礼子は反撃してきた。痛いところを突かれて、私が返答に困っていると、

「ほら、先輩は卒業できないのでしょう。他人のことをとやかく言わないで自分のことを心配したほうがいいわ」

「他人のことをとやかく言って悪かったな」

などと雑談していると、学生運動のリーダーたちから立ち上がるように指示された。

「県民大会はまだ終わっていない。どうするのだろう」

「さあ、知らないわ」
琉球大学の学生集団は立ち上がり、ジグザグデモを始めた。そして、革新政党や労働組合の代表が居並んでいる会場の前に出ると、演壇の周囲をぐるぐる回り始めた。デモ隊の中から数人のヘルメットを被った学生が出てきて、演壇に駆け上がり、演説している労組の代表者と進行係を排除して演壇を占拠した。学生たちは演壇の中央で日の丸と星条旗を交錯させるとふたつの旗に火をつけた。灯油を染み込ませた日の丸と星条旗は勢いよく燃えた。演壇の回りをジグザグデモしている学生たちの意気は上がり、シュプレヒコールは大きくなった。

私は、日の丸と星条旗が燃え終わると、デモ隊は意気揚々と元の場所に戻るだろうと予想しながら演壇の周囲をデモっていた。すると、労働者の集団がデモ隊に近づいてきた。私はその集団はデモ隊への抗議の集団であり、デモを指揮しているリーダーたちと押し問答が起こるだろうと予想していたが、労働者の集団がデモ隊に接近すると、デモ隊の一角が悲鳴を上げて一斉に逃げ始めた。労働者の集団は抗議をするためではなく、学生のデモ隊を実力で排除するためにやってきたのだった。県民大会の演壇を占拠し、日の丸と星条旗を燃やしたのは横暴な行為であり許されるものではない。しかし、だからといって労働者集団が学生のデモ隊を問答無用に襲撃するのは私には信じられないことだった。唖然とした私は、逃げ惑う学生たちの流れに押されて走った。走っている途中で、前日の雨でぬかるんでいる泥土に足を取られ、片方の革靴が抜けてしまった。私は革靴を取るために立ち止まろうとしたが、逃げ惑う群の圧力は強く、私は群れに押し流されて与儀公園の外に出た。

片方の革靴を失った私は困った。スーツと革靴は上流家庭の家庭教師をしている学生には必需品であり、貧乏学生の私は高価である革靴をそのまま諦めるわけにはいかなかった。はぐれてしまった礼子たちのことが気になったが、それよりも革靴の方が私には切実な問題だった。会場が落ち着いてから与儀公園に戻ろうと、私はバス停留所に向かう学生たちの群れから離れて道路の脇に立ち、与儀公園の様子を見ていた。すると、照屋さんが近寄って来て、

「どうしたの」

と私に訊いた。照屋さんは情報収集を専門に活動している学生運動家だった。

私が学科委員長をやっていた時、照屋さんと私は那覇署の様子を探るために那覇署の近くのバス停留所で張り込みをしたことがあった。私と照屋さんは那覇署が見えるバス停留所のベンチに座っていたが、なんの飾り気もない服を着ている男女がバス停留所に長時間座っているのを逆に警官に怪しまれて私と照屋さんは那覇署に連れて行かれた。私たちの服装や表情を見て、私たちが学生運動家であることを警官はすぐに分かっただろう。私は数人の警官に囲まれて素性を聞かれた。私は無言を貫いた。私の態度を生意気だと思った背の低い警官が私の腹を突いた。ぐっと私が腹を固めて我慢したので、お、こいつ腹を固

めたぞ、結構腹が固いなと言いながら一発目より強く突いた。私はカーっと頭にきた。もし、あと一、二発腹を突かれたら私は警官に殴りかかる積もりになっていた。私の気持ちは顔にも表れたのだろう、警官は真顔になり、なんだお前は、やる積もりかと私を睨んだ。私は睨み返した。その時、隣の警官が、「やめとけ、比嘉。大人げないぞ」と背の低い警官を制した。我に返った比嘉という警官は苦笑いしながら去って行った。黙秘を通したので留置場に入れられるのを覚悟したが、暫くして私と照屋さんは解放された。

私は照屋さんに革靴を演壇の近くのぬかるみに取られたことを話した。すると照屋さんは、暫くの間様子を見てから与儀公園に戻る予定だと言い、

「私が革靴を探してあげるから、あなたは自治会室で待っていて」

と言った。学生運動から離れている私は自治会室には行きたくなかったので、自分で革靴を探すと言った。すると、照屋さんは顔を曇らせて、「男は危険だから」と言った。

「主催者側となにかトラブっているのか」

と、私が訊くと、照屋さんは頷いた。照屋さんの話では、県民大会の主催者側と琉球大学自治会は険悪な関係になっていて、琉球大学自治会の県民大会への参加は認められていなかったという。

日本は沖縄の祖国であり、母なる祖国に復帰するのが沖縄の悲願であると主張している

祖国復帰運動家にとって、日の丸は祖国日本の象徴であり崇高な存在であった。ところが、その頃の琉球大学自治会は、崇高なる日の丸を、こともあろうに祖国復帰運動家たちが目の敵にして最も嫌っているアメリカの象徴である星条旗と交錯させて一緒に燃やす行為を繰り返していた。星条旗と一緒に日の丸を焼却する琉球大学自治会の行為は、日の丸を祖国復帰運動の象徴にしている運動家たちを嘲笑し侮辱しているようなものであった。だから、与儀公園の県民大会の主催者は琉球大学自治会を嫌悪し、参加を許可しなかったし、演壇で日の丸と星条旗を燃やした琉球大学自治会の学生集団を実力で排除したのだろう。

琉球大学自治会のデモ隊が労働者集団に襲われた事情は知ったが、だからといって私が労働者集団に襲われるのは考えられないことであった。私は自分で革靴を探すと言った。しかし、照屋さんは、私の顔は彼らに覚えられているかも知れないから危険だと言い張った。私は学生運動でそんなに派手なことをやっていなかったし、一年近く学生運動から離れている。労働者集団に私の顔を覚えられていることはないと思ったが、照屋さんは私の身を心配してくれて私が与儀公園に戻ることに反対しているし、照屋さんと押し問答を続けると照屋さんの活動を邪魔してしまう。私は仕方なく照屋さんに革靴のことを頼み、琉球大学の自治会室に向かった。

首里にある琉球大学の自治会室に到着した私は自治会室には居たくなかったので、照屋さんが来たらキャンパスに居ると伝えてくれるように顔見知りの学生に頼んで自治会室を出た。むさくるしい自治会室を出ると、満天の星々が煌めいていた。

木々が林立しているキャンパスは闇に覆われ、所々に立っている外灯の周囲は白っぽい空間を作っていた。自治会室の開けっ放しの出入り口や窓から漏れている蛍光灯の光を背にして、私は芝生を踏みながら歩き、腰を下ろすのにほどよい場所を探した。薄闇の中を進むとガジュマルの木が植わっている場所があり、私はガジュマルの木の根に腰を下ろした。

那覇市で一番空に近い琉球大学のキャンパスには初夏の涼しい風が吹き、頭上のガジュマルの枝葉をざわつかせていた。

・・・・・県民大会に行かなければよかった。県民大会に行かなければ、今頃は間借り部屋でのんびりとラーメンを食べていた・・・・・私はガジュマルの幹に背を持たせながら、県民大会に行ったことを後悔していた。

礼子たちのことが気になった。国文学科は女性が多い。このような襲撃で被害を被るのはいつも女学生たちだ。私が学科委員長になった頃から琉球大学の学生運動は急に過激な行動が増えていき機動隊に襲われることが多くなった。礼子と一緒のデモで最初に機動隊に襲撃されたのは開南交番所の焼き討ち事件だった。

国際通りから与儀公園に向かう途中の開南交番所に来た時、リーダーたちの指示でデモ隊は交番所の周りをぐるぐる回り始めた。デモの予定コースや行動については学科委員長である私に前もって知らされるが、交番所の周りをぐるぐる回るのを私は知らされていなかった。顔見知りのリーダー格の津嘉山がデモ隊の中から出てきて交番所の前に立つと、隠し持っていた火炎瓶に火を点けて交番所の窓に投げつけた。一発目は燃えなかった。二発目を投げると交番所の中から炎が燃え上がった。デモ隊は威勢が上がったが、私の周囲にいる女学生たちは恐怖で顔をひきつらせていた。暫くすると後ろのほうで悲鳴が聞こえた。機動隊が襲ってきたのだ。パニック状態になっている礼子たちはどうしていいか分からないで戸惑っていた。「逃げろ」。私は礼子たちに逃げるように指示した。見る見るうちに機動隊は近づいてきた。交番所を焼かれた機動隊の勢いはいつもより激しかった。

「早く逃げるんだ」

私は激しく迫ってくる機動隊を見ながら叫んだ。礼子たちは平和通りのほうに逃げた。私はゆっくり走りながら礼子たちが去っていくのを見守っていたが、機動隊のひとりが私を狙って追ってきた。私は礼子たちとは逆方向の与儀公園の方に向かって逃げた。機動隊はしつこく私を追いかけてきたので私は路地に逃げたが、路地は崖になっていて行き止まりだった。私は数メートルの崖下に飛んだ。着地したところは家の庭だった。機動隊からは逃げ切れたが、飛び降りた時に私は足に怪我をした。

あの時の礼子は逃げる時に転んで手足に軽い怪我をしていた。今日は日の丸と星条旗を県民大会で焼却したために労働者集団に襲撃されたが、革靴をぬかるみに取られた私は立ち止まったりしたので礼子たちより逃げるのが遅れた。後ろから走った私は礼子や他の国文学科の学生を見なかったから今日は転ばないで無事に逃げただろう。

ソ連、中国、モンゴル、北朝鮮、北ベトナムなどアジア大陸のほとんどの国が日本やアメリカと対立する社会主義国家であり、アジアの社会主義圏は拡大しつつあった。ベトナム戦争は敗北の色が濃くなり、南ベトナムが北ベトナムに併合されて社会主義国家になるのは時間の問題だった。米軍が駐留していなければ北朝鮮に侵略される可能性が高い韓国、中国侵略に脅かされ続けている台湾、フィリピンの共産ゲリラの不気味な存在。カンボジアなどの東南アジアの毛沢東主義派の武力攻勢など、アジアは共産主義勢力がますます拡大し、日米政府にとってますます沖縄の軍事基地は重要な存在になっていた。

ベトナム戦争で莫大な国家予算を使って経済危機に陥ったアメリカは沖縄のアメリカ軍基地を維持するのが困難になり、経済力のある日本の援助が必要となっていた。そこで、日米両政府は沖縄を日本に返還することによって、沖縄の米軍事基地の維持費を日本政府が肩代わりする方法を考えだした。

沖縄が日本の一部になれば米軍基地を強化・維持するための費用を国家予算として日本政府は合法的に決めることができる。米軍基地の維持費を日本政府が肩代わりするための沖縄施政権返還計画は着々と進み、１９７１年６月１７日、宇宙中継によって東京では外相愛知揆一が、ワシントンではロジャーズ米国務長官が沖縄返還協定にそれぞれサインした。これで「沖縄返還協定」は１９７２年５月１５日午前０時をもって発効し、沖縄の施政権がアメリカから日本に返還され、沖縄県が誕生することになった。

日米政府による沖縄施政権返還協定に反発したのが「祖国復帰すれば核もアメリカ軍基

地もない平和で豊かな沖縄になる」と日米政府が全然考えていない非現実的な祖国復帰を自分勝手に妄想し続けていた沖縄の祖国復帰運動家たちであった。妄想は妄想であり現実ではない。妄想が実現することはありえないことである。

沖縄を施政権返還すれば沖縄のアメリカ軍基地の維持費を日本政府は堂々と国家予算に組み入れることができる。泥沼化したベトナム戦争のために莫大な戦費を使い果たし財政的に苦しくなっていたアメリカを日本政府が合法的に経済援助するのが沖縄の施政権返還の目的であった。それが祖国復帰の内実であった。ところが「祖国復帰すれば核もアメリカ軍基地もない平和で豊かな沖縄になる」という妄想を吹聴し続けた祖国復帰運動家たちは、祖国復帰が実現するのは祖国復帰運動が日米政府を動かしたから実現したのだと自賛しながらも、施政権返還の内容が自分たちの要求とは違うといって反発をした。妄想の中から一歩も飛び出すことができない祖国復帰運動家たちは祖国日本に裏切られたなどと文句をいい、日米政府が１００％受け入れることがない非現実的な「無条件返還」の要求運動を展開した。

ソ連・中国等の社会主義圏とアメリカ・西ヨーロッパ諸国の民主主義圏との緊迫した世界的な対立やアジアの政治情勢やベトナム戦争の劣勢を考えれば、沖縄のアメリカ軍基地を再編強化するための本土復帰であるのは歴然としたものであった。世界やアジアの政治情勢を無視して、自分勝手に描いた妄想でしかない祖国復帰論が日米政府に通用するはずがなかった。

琉球大学自治会は、沖縄の施政権返還は日本政府とアメリカ政府の共謀によって沖縄のアメリカ軍基地を強化維持するのが目的であることを世間にアピールするために日の丸と星条旗を交錯させて燃やし続けていた。私はその行為は理解できたし賛同もしていた。しかし、県民大会の議事進行を邪魔し、演壇を占拠して日の丸と星条旗を燃やすのは横暴な行為だ。許されることではない。あのような横暴なことをやるから一般学生は離れていくのだ。横暴で過激な行為は学生運動を衰退させてしまうだけである。

明日になれば、私が学科委員長だった頃と同じように、それぞれの学科委員長はそれぞれの学科集会を開き、県民大会の演壇で日の丸と星条旗を燃やした意義を学生たちに説明するだろう。しかし、県民大会の議事進行を中断させて、演壇を占拠したことに正当性があるかどうかという問題はなおざりにするだろうし、日の丸と星条旗を燃やしただけで、琉球大学自治会の主張が県民大会に集まった人たちに理解されたかどうかの問題もなおざりにしてしまうだろう。私は過激化していく学生運動にため息をついた。

自治会室から漏れてくる光が暗くなった。誰かが私の居る場所に近づいてきたためだ。照屋さんが来るには早いなと思いながら私は振り向いた。影の正体は女性ではなく男性であった。男性は明るい場所から木々が植わっているキャンパスのうす暗い場所に入ったために、私を見つけることができないようだった。

「マタヨシ」
男は私の名を呼んだ。声を聞いて男の正体が分かった。私の名を呼んだ男はMだった。

私がMと出会ったのは三年前だった。演劇クラブはフランスの作家ジャン・ジュネ作の「黒ん坊たち」を大学祭で上演することになったが、役者が不足していたのでクラブ員である仲里が彼と同じ電気学科の後輩であるMを連れてきた。Mは高校時代の先輩である仲里が役者をやってくれと頼むと、役者の経験はなかったのに承知したという。

Mの役は老いてもうろくした元将軍だった。元将軍は四六時中居眠りをしていて、たまに目が覚めると、意味不明の、「女郎屋へ。くそ、女郎屋へ」というセリフを吐いた。元将軍を演ずることになったMは読み合わせの時から全力で、「女郎屋へ。くそ、女郎屋へ」と叫び、セリフを言うたびに唾を飛ばした。読み合わせだから、大声を出す必要はないと注意すると、「はい」と頷いたが、Mの叫びは直らなかった。Mが唾を吐いて叫ぶたびに、私たちは大笑いしたものだ。Mはくそ真面目で不器用な男だった。

夏休みに、演劇クラブは伊平屋島で合宿をすることになった。

演劇クラブ室で酒宴を開いている時に、男子寮の裏にある円鑑池で、夜になると「モー、モー」と牛のように鳴く正体不明の動物がいる話になった時、伊礼があれは食用ガエルであると教えた。私がなんとかして食用ガエルを捕まえて食べたいものだと言うと、伊平屋島出身の伊礼は、伊平屋島の田んぼには食用かえるがたくさん棲んでいて、簡単に捕まえることができると言った。それに、伊平屋島には野生のヤギもいて、ヤギを捕まえて食することもできると言った。それじゃあ恒例の演劇クラブの夏休み合宿は伊平屋島にしようということになった。オブザーバーであるMも伊平屋島の合宿に参加した。

伊平屋島に到着し、わくわくしながら田んぼに行くと、稲刈り後の田んぼは干上がり、食用ガエルはいなかった。私たちはがっかりした。どうしても食用ガエルが食べたい私たちは、合宿している小学校の教室の裏の小さな池に棲んでいる食用ガエルを捕まえて食べた。

伊平屋島の裏海岸には年中涸れることのない水溜りのある不思議な岩があるといい、伊礼は岩に私たちを案内した。岩に時々ヤギがやってきて水を飲むと伊礼は話した。ヤギは水を飲まないはずだと私が言うと、伊礼は、いやヤギは水を飲むと言い張った。私と伊礼は言い争った。ささいなことでもどちらが正しいかを真剣に言い争うのが私たちの青春だった。

私たちは岩から離れ、合宿している小学校に向かって砂浜を歩いた。すると浜を歩いている野生のヤギを見つけた。私はヤギを捕まえようと追いかけた。ヤギは崖の方に逃げた。私がなおも追いかけるとヤギは崖を登り始めた。私はしめたと思った。崖登りなら人間の方が早いはずである。ヤギを追って私は崖を登った。ところが崖登りは私よりも数倍ヤギの方が上手だった。ヤギは時々立ち止まって私を振り向きながらゆうゆうと崖を登ると野原に去って行った。見物していた演劇クラブの仲間は大笑いした。

「食用ガエルは田んぼにいないし、ヤギを捕まえることはできないし、伊礼はうそつきだ」と私が伊礼を責めると、伊礼はヤギを絶対捕まえてみせると意地を張った。伊礼はヤギを捕まえる相棒にMを指名した。Mは素直に伊礼の指名に従った。

「お前たちは先に学校に帰れ。俺とMでヤギを捕まえるから」

と伊礼は言った。

日が暮れて、辺りが闇に覆われた頃、伊礼とMは内臓と首のない子ヤギを実家から借りた自転車の前に括り付けて帰ってきた。女性たちは悲鳴を上げた。男たちは酒を飲みながらヤギ肉を食した。

浜辺の貝を食したり、魚を釣ったり、島のあちらこちらを冒険したり、ヘビが寝床に侵入して大騒ぎになったり、私たち若者は演劇の練習はそっちのけで伊平屋島の夏を楽しんだ。夏休みが明けて暫くすると、「黒ん坊たち」の練習は頓挫し、Mは演劇クラブ室に来なくなった。

三年次になった時に、Mと私は学科委員長になり、学生運動の場で顔を合わせるようになった。しかし、Mは無口であり顔を合わせると黙礼をするくらいで、私とMが親しく話をすることはなかった。私が学科委員長を辞めてからはMと顔を合わせることはほとんどなくなった。先刻、私が自治会室に入った時、Mは自治会室に居た。久しぶりに会った私とMは黙礼をしただけで、言葉は交わさなかった。そのMがなぜ私に会おうとしているのか。

革靴を失って憂鬱な私はMと話す気がなく黙っていた。闇の中の私を見つけることができないMが、私を探すのをあきらめて去って行くのを期待していたが、

「マタヨシ」

と、Mは再び私の名を呼んだ。私は仕方なく、「ああ」と、私の居場所を知らせる声を発した。Mは私の声を聞き、私の居る場所に近づいてきた。私は自治会室の明かりを背にして近づいてきたMを黙って見ていた。Mは私の側に立つと、

「元気か」

と言った。

「ああ」

私は生返事をした。Mは、

「ちょっといいか」

と言った。断りたかったが、私は、

「ああ」

と答えた。Mは私の側に座った。

「マタヨシはまだ演劇をやっているのか」

とMは訊いた。Mの質問に私はむっとした。

私が入学した年の四月に、演劇クラブはベケットの「勝負の終わり」を上演し、その年の秋の大学祭に「闘う男」を上演した。しかし、リーダーであった全次が大学を中退する

と、演出のできる学生がいないために翌年には「黒ん坊たち」が練習の途中で頓挫し、その次の年も頓挫した。演劇クラブは三年間も上演しない状態が続いていた。

このままだと演劇クラブは廃部になりクラブ室を明け渡さなくてはならない恐れがあった。私は歴史のある演劇クラブを廃部にした人間にはなりたくなかった。部員が私を含めて四人だけになってしまった状況で、私は三人だけ登場する「いちにち」という戯曲を書き上げ、役者の経験がない新人部員の三人を一から鍛えながら練習を続けていた。三人の中の一人でも退部すれば上演はできない。上演に辿りつけるかどうか不安を抱えながら私は演劇クラブを運営していた。

私の苦しい状況を知らない無神経なMの質問にむっとした私は、

「ああ」

と、ぶっきらぼうに答えた。

「そうか」

と言ったMに、私はソッポを向いた。

私の側に座ったMは、「そうか」と言った後、次の言葉がなかなか出なかった。私はMと話す気はなかったし、話す材料もなかったので黙っていた。Mは黙り、私も黙っていた。

暫くして、

「シゲはどうしているか」と言った。

シゲとは私たちを伊平屋島に案内し、Mと子ヤギを捕まえた伊礼のことである。彼は私と同じ国文学科の学生で私より一期先輩だった。ジャン・ジュネの「黒ん坊たち」を持ち込んだのが伊礼であったが、伊礼はすでに中退していた。

「中退したよ」

「そうか、中退したのか。・・・・ケンはどうした。ケンは卒業したのか」

ケンとは新城のことである。彼は私より二年先輩で「勝負の終わり」でハムを演じた学生だった。彼は演出の能力がなく、二年前にアラバールの不条理劇「ファンドとリス」の上演を目指したが頓挫した。

「卒業した」

「就職したのか」

「ああ」

「なんの仕事をしているのか」

「黒真珠のセールスをしている」

「そうか」

と言った後、Mは黙った。

Mは演劇クラブの近況を聞くために私の所に来たのではないだろう。Mがなにを私と話したいか知らないが、私は、演劇の話にしろ、政治の話にしろ、Mと話し合う気にはならなかった。

「みんな、もう居ないか」

Mはしみじみと言った。

Mが演劇クラブに居た頃の学生は、私以外は誰も居なかった。伊礼、比嘉、高安、奈江は中退して演劇クラブを去った。新城、仲里、垣花、喜舎場、美千代、敦子は卒業して演劇クラブを去った。私だけが中退も卒業もしないでまだ演劇クラブに残っていた。Mは演劇クラブを懐かしんでいたが、私にとって演劇クラブは孤独で厳しい闘いを強いられている現実であった。演劇クラブを懐かしんでいるMに私は苛ついた。

Mと話したくない私は黙っていたが、

「そうか。みんな居なくなったか。居なくなって当たり前だな」

と、Mは独り言を言った。そして、黙った。私も黙っていた。

暫くして、Mが、

「マタヨシは家族闘争をやったか」

と言った。唐突な話題の転換であった。Mが私のところにやって来た目的は「家族闘争」について話し合いたかったからだと私は知った。しかし、私にとって、「家族闘争」は時代遅れの話題でしかなかったから拍子抜けした。私は思わず、

「はあ」

と首を傾げた。

「家族闘争」というのは、家族に学生運動をやっていることを打ち明け、家族と話し合い、

自分たちがやっている学生運動を家族に理解させ、家族に学生運動を応援させる運動のことであった。

一九六六年にフランスのストラスブール大学で民主化要求の学生運動が始まり、それが一九六八年にはソルボンヌ大学の学生の民主化運動へと発展し、その年の五月二十一日にはパリで学生と労働者がゼネストを行った。そして、労働者の団結権や学生による自治権、教育制度の民主化を大幅に拡大することに成功した。それをフランスの五月革命と呼んだ。フランスの五月革命は学生が原動力となった革命として世界中に有名になった。

大学の民主化を目指して闘ったフランスの学生たちは、自分たちの運動の意義を理解させるために家族と話し合った。学生の民主化運動を理解した家族は学生を応援し、家族を巻き込んだ民主化運動は次第に学生運動から大衆運動へと発展していった。

五月革命が成功した原因のひとつに学生たちが家族の説得に成功したことをあげ、それを家族闘争と呼び、学生運動のリーダーたちは私たちに家族闘争をやるように指示したのだった。

フランスの五月革命のように大学の自治や民主化を目指した運動であったなら、私は家族の理解を得るために喜んで話していただろう。しかし、琉球大学の学生運動は五月革命のような民主化運動とは性格が異なっていた。

琉球大学の学生運動はアメリカ軍事基地撤去、ベトナム戦争反対などを掲げていたが、反戦平和運動の域に止まるものではなかった。沖縄最大の大衆運動である祖国復帰運動を批判し、民主主義国家であるアメリカを帝国主義呼ばわりし、ソ連をスターリン官僚主義と批判して反帝国主義反スターリン主義を掲げた学生運動であった。本土の学生運動と系列化していった琉球大学の学生運動は急速に過激になっていった。ヘルメットを被ってジクザグデモをやり、ゲバ棒で機動隊と衝突したり、火炎瓶を投げたりした。

琉球大学の学生運動を、古い沖縄の因習を信じている私の親が理解し、納得し、応援するのは不可能であった。民主主義社会を目指した運動であったなら私は熱心に両親を説得していたはずである。しかし、民主主義国家アメリカを帝国主義呼ばわりし、将来のプロレタリア革命を目指している琉球大学の学生運動を家族に理解させるのは不可能であった。上からの指示であったが、私は「家族闘争」はやらないことに決めた。

それに、大統領や国会議員だけでなく州知事や地方の首長、議員までが市民の選挙で選ばれるアメリカや日本の民主主義国家で労働者階級が政治の実権を握るために暴力革命を起こすというのはむしろ社会が後退するのではないかという疑問が私にはあった。国民の代表である大統領や議員が国民の一部である労働者階級の暴力によって滅ぼされるのはおかしい。プロレタリア革命の後は国民の選挙が行われないとすれば民主主義国家での暴力革命は目指してはいけないのではないかと私は疑問に思っていた。民主主義とプロレタリア革命の狭間で私自身が悩める若者であったから家族闘争どころではなかった。

学生運動のリーダーたちは「親の理解を得ない限り、真の闘いとは言えない」と、フランスの五月革命を例にして、「家族闘争」することを指示したが、多くの学生は親の理解は得られないことを予想していたから、私と同じように「家族闘争」を避けていた。リーダーたちの指示を素直に受けて、「家族闘争」をやった殊勝な学生も居たが、彼らの多くは、親に説得されて学生運動から離れたり、親に勘当されたり、親子喧嘩になって家出をしたり、強引に休学をさせられて大学に来なくなったりした。

私は「家族闘争」をしないということで私なりに「家族闘争」を処理したのだが、私とMが「家族闘争」をやるように指示されたのは二年前のことであった。激しく変動する時代を生きている若者にとって二年前ははるか昔である。私にとって「家族闘争」は時代遅れの四字熟語であった。「マタヨシは家族闘争をやったか」という時代遅れのMの質問に、私はあきれて質問に答える気もなく、黙っていた。

・・・Mよ。俺は与儀公園で革靴を失って苛々しているし、久しぶりに参加した県民大会で肉体はひどく疲れている。お前と古臭い「家族闘争」の話なんかしたくないから、さっさとここから立ち去ってくれ。俺を独りにしてくれ・・・

というのが、その時の私の正直な気持ちだった。私の沈黙に、勘のいい人間なら、私の気持ちを察知して、その場から去っていっただろう。しかし、Mは勘のいい人間ではなかった。Mは私の側に座り続けた。

私がなにも言わないのでMは困惑したようだったが、質問の内容が唐突なので、私が返事をするのに苦労していると思ったのか、

「マタヨシの親はなんの仕事をしているんだ」

と、私への質問の内容を変えてきた。私は予想していなかった質問に戸惑い、

「え」

と言い、Mを見た。

Mは私をではなく正面の闇を見つめていた。Mはまるで正面の暗闇と話しているようだった。Mは目を合わせるのが苦手で、話すときは相手の顔を避けてあらぬ方向を見ながら話す癖があったことを思い出した。

私は、親の話なんかやりたくないという意を込めて、

「農民だ」

と、ぶっきらぼうに言った。

「そうか、農民か」

と言った後に、Mは暫く黙っていた。Mはじっと動かないで闇を見つめていたが、

「僕の親はコザ市のゴヤで洋服店をやっている」

と、自分の親の仕事のことを話した。

「客の多くは嘉手納空軍基地のアメリカ人だ」

と言い、ため息をついた。

コザ市はアメリカ軍人や彼らの家族を客としている商売が多く、アメリカ人を客にして繁盛していた。Mの親もそのひとりだった。

Mの話に興味のない私は黙っていた。私の言葉を待っているMだったが、私がなにも言

わないので、暫くすると、

「マタヨシは妹が居るか」

と訊いた。え、それで親の話は終わりかよ、と私は苦笑し、Mが話下手だったことを思い出した。演劇クラブ室での会話や酒宴の場での会話でMから話すことはなかった。質問されたら質問にだけ答える一問一答の対話しかMはやらなかった。Mとの対話はすぐに途絶えるのが普通だった。

Mの質問に、私は、

「居る」

と、一言の返事をした。Mは、

「そうか」

と言い、暫く黙っていたが、

「僕も妹がいる」

と闇を見つめながら言った。Mの声は暗く重かった。

「僕の妹は専門学校に通っている。来年は卒業だ」

Mは言葉を止めた。そして、

「しかし」

と言った後、ため息をつき、それから、

「僕が学生運動をしていることが世間に知れたら、妹の就職に悪い影響を与えるかもしれない」

と、また、ため息をつき、

「マタヨシの妹は仕事をしているのか」

と訊いた。

「している」

「どんな仕事をしているのか」

「さあ、知らない」

「知らないのか」

Mは驚いて訊き返した。私の妹はある建設会社の事務員をしていたが、妹の話をしたくない私は、「さあ、知らない」と答えた。

「弟は居るのか」

と、Mは訊いた。

「居る」

と私が答えると、

「そうか、弟も居るのか」

と言い、弟が居るとも居ないとも言わないでMは黙った。暫くして、

「マタヨシの親はマタヨシが学生運動やっているのを知っているのか」

弟ではなく親の話に変わった。

「いや、知らない」

私が言うと、

「そうか」

と言い、Mは少しの間黙ってから、

「マタヨシの親は保守系なのかそれとも革新系なのか」

と、また、質問の内容を変えた。

琉球政府の主席公選の時、貧しい私の父母は区の有力者に恩納村にある山田温泉に招待された。母は初めて行った山田温泉に喜び、有力者に感謝した。そして、有力者の指示に従い、保守系の候補者に投票した。つまり、私の父母は買収されたのだ。しかし、私の父母には買収されたという自覚はなかったし、罪悪感もなかった。私の父母は保守か革新かではなく、昔からのしきたり通りに地域の有力者に従うだけの人間であった。有力者が保守系だったから私の父母も保守系ということになる。

「保守系だ」

と、私が言うと、

「そうか、保守系か。僕の父も保守系だ」

と言った。Mは暫く黙っていたが、

「マタヨシは親に学生運動をやっていることを話すつもりはないのか」

と訊いた。

私は学生運動のことは一切親には話さないと決めていたし話さなかった。それに今は学生運動から離れているのだから親に話す必要も隠す必要もなかった。私は一年近く自治会室に行ったことはなかったし、学生集会に参加したこともなかった。だから私が学生運動から離れていることに普通なら気付くはずである。しかし、Mは私が学生運動にまだ参加していると思っているようだった。学生運動から離れていることをMに話せば、その理由を説明しなければならないだろう。それもMが納得するように説明しなければならない。それは面倒くさいので私は学生運動から離れていることをMに話さなかった。私は苦笑しながら、

「話すつもりはない」

と言うと、

「どうして話さないんだ」

と、Mは真面目な顔をして言った。私はMにあきれた。

「俺たちの政治思想を話しても、親が理解できるはずがない」

少し間があり、

「そうだな。そうかも知れないな」

とMは言い、ため息をついた。

Mが「家族闘争」に悩んでいることは分かったが、私はMに同情はしなかったし、家族闘争を「頑張れ」と励ます気にもならなかった。私とMは同い年であり、二人は五年次に

なっていた。学生としては古参である。古参であるMが「家族闘争」に悩んでいるのはむしろ滑稽に思えた。Mは真面目であり、真剣に「家族闘争」をやろうとして悩んでいるかも知れないが、「家族闘争」はすでにそれぞれの学生がそれぞれのやり方で「処理」しているはずのものであった。Mは学科委員長をやった経験もあるのだから、「家族闘争」はすでに「処理」し、解決しているのが当然である。

「マタヨシはこれからも家族闘争をやらない積もりなのか」

とMは訊いた。

「親にどんな風に話せばいいのだ」

学生運動のことを親に理解させるのは不可能であると言う意味で私は言った積もりだったが、Mは勘違いして、

「そうなんだよな。どのように話せばいいのか、それが非常に難しいんだよな」

と言い、

「親にどのように説明すればいいか。分からなくて困っている」

と深いため息をついた。

親に理解させる可能性がゼロではないと信じているMに私は苦笑した。「家族闘争」の可能性を信じているMは、真面目で純真であると言えば聞こえはいいが、親たちが沖縄の古い因習に縛られていることを認識する能力がMには欠けているのだ。私は、「家族闘争なんかできるはずがない。止めろ」とMに言いたかったが、「家族闘争」に真剣に悩んでいるM

が私の忠告を素直に聞き入れるはずはない。それに私は学生運動から離れた身である。いまさら「家族闘争」という重たい問題に首を突っ込む気持ちがなかったから、私は忠告するのを止めて黙っていた。

Mは体躯がよく姿勢もよかった。座っているときも背筋をまっすぐに伸ばしていた。演劇クラブ室で車座になって酒を飲んで酔ったときも、Mは背筋をピンと伸ばしていたので、「Mはまるで軍人みたいだ」と揶揄したことがあった。Mは三年前と同じように背筋を伸ばして、真正面の闇を見つめ、身じろぎもしないで座っていた。暫くしてMは、

「マタヨシは兄さんが居るか」

と訊いた。興味のない質問だったが、

「いや、居ない」

と答えた。Mは暫く黙ってから、

「マタヨシは長男か」

と訊いた。

「ああ」

と私が答えると、Mは、

「そうか。長男か」

と言い、

「僕も長男だ」

と言った。そして、

「学生運動をしていることを父に話すと、父は確実に怒るだろう。頑固な父だから、長男である僕でも勘当するかもしれない」

と言って、ため息をついた。

「勘当されるのか」

私は訊き返した。

「されるだろうな」

と言ったMの声は沈んでいた。

私は親に勘当されたかった。しかし、長男である私を親が勘当することはあり得ないことだった。

家に束縛されないで自由に生きたい私は、「弟は俺よりしっかりしているから、弟が家を継いだほうがいい。弟が家を継ぐなら俺は家の財産は一銭ももらわなくていい」と母に話したことがあった。母は私の話にすごくショックを受け、嘆き悲しんだ。母を嘆き悲しませてまで自由になる勇気のない私は主張を引っ込めざるをえなかった。

大学を休学して、一年くらい東京に住んでみたいと私が言った時も、母は私が東京に行ったら一生帰ってこないという被害妄想に陥り、姉に私の東京行きを引き止めるように頼んだ。九歳年上の姉に、長男としての義務と責任についてこんこんと説教された私は東京行きを断念した。

長男が仏壇と家を継ぎ、親の面倒を看るのは絶対に守らなければならないと信じている母であったから、私が学生運動をやっていると告白しても母が私を勘当することは絶対にあり得ないことだった。私を勘当するのではなく、私が就職できるだろうかと心配し、御先祖様に申しわけないとか、世間に白い目で見られる弟や妹の将来が心配であるとか、村の人や親戚に恥ずかしくて顔を合わすことができないなどと嘆き悲しみ、私に学生運動を止めてくれと必死に頼んだだろう。母は精神的にまいって病気になったかもしれない。だから、私は母に学生運動をやっていると告白することはできなかった。もし、私の母が気丈な人間で、Mの父のように長男であろうと勘当するのなら、私は学生運動をやっていることを喜んで母に告白していただろう。

私にとって勘当されるということは歓迎することであったから、

「勘当されればいいじゃないか。親に頼らなくても俺たちは生きていける」

とMに言った。するとMは困惑し、

「いや、それはまずい」

と言った。

「なにがまずいんだ。勘当されれば、親の束縛から解放されて、自由に生きることができていいじゃないのか」

と私が言うと、

「いや、僕は長男だし、妹が居るし・・・」

とMは言葉を濁した。

「そんなのは関係ないよ」

と、私が言うと、

「いや、僕は長男だから将来は家を継いで親の面倒を看なければならない。それに、兄として妹のことも考えてあげないとな」

Mは長男しての義務を認める言い方をした。

「家か。親の面倒か」

私は、Mに失望しながら呟いた。

　私が長男の呪縛から解放されたくても解放されないジレンマに悩んでいるのに、Mは長男の呪縛を自分から受け入れていた。私は学生運動をしている学生は沖縄の古い因習を批判し、家督相続思想を否定していると思っていた。しかし、現実は違っていた。私と同じ世代であり、私と同じ長男であり、私と同じ学生運動をしているMが、長男の家督相続思想を受け入れていた。隣に座っているMが沖縄の古い因習を受け入れているのを知り、私は滅入っていった。

「親を説得する方法はないのかな」

とMが言った時に、私はカーっと頭にきて、

「ない」

と、激しい口調で言った。Mは私の突き放した言葉にショックを受けたようだった。Mは

黙った。私も黙った。二人の間に沈黙が続いた。頭上のガジュマルの枝に風が吹いている音が両耳に聞こえ、Mの重いため息が左の耳に聞こえた。

演劇上演ができるかどうかの不安、卒業ができるかどうかの不安、親と絶縁して自由に生きる勇気のないジレンマ、社会に出たらどのように生きていけばいいのかなどなど、私も深刻な悩みを抱えている若者の一人であった。Mが学生運動と家族愛の板ばさみに深刻に悩んでいるのを理解はしても、私は私の悩みでいっぱいいっぱいであり、自分の悩みを横に置いて、Mの悩みの相談相手になることは私には無理だった。

Mは、私と話す言葉を探しているようだった。しかし、見つけることができないまま、沈黙の時間が二人の間に流れていった。キャンパスに、急に突風が吹いて、木々が騒ぎ出し、頭上のガジュマルの枝葉は激しく揺れた。暫くして風が止み、キャンパスが静かになった時、

「マタヨシさん」

と、私の名を呼ぶ声がした。その声は、照屋さんが帰ってきたら、私のことを照屋さんに伝えてくれるように頼んだ学生の声だった。

「こっちだ」

私は返事をした。

「照屋さんが帰ってきた。自治会室に来てほしいって」

と、学生は言った。

「そうか、分かった」

私は立ち上がり、自治会室に向かった。Mも私の後ろからついてきた。

照屋さんは数人の学生運動家と深刻な顔で話し合っていたが、私が自治会室に入ると、私を振り向いた。

「俺の革靴は見つかったのか」

「ごめん。見つからなかったわ」

革靴が見つからなかったと聞いて私はがっかりした。照屋さんは足元に置いてあった古い運動靴を取り、

「この靴を履いて」

と言った。

「誰の靴なのか」

と私が訊くと、

「知らない。自治会室にあったわ」

と言った。照屋さんの持っている運動靴は萎びていて臭そうだった。他人の汚れた靴を履くのは気持ち悪いし、足がむず痒くなりそうだ。私は裸足で帰ることにした。

「いいよ」

と私が言うと、照屋さんは、

「裸足はいけないわ」

と言い、自治会室の奥の方からゴム草履を探してきて、

「これを履いて」

とゴム草履を私に渡した。私はゴム草履を履き、自治会室を出た。

「マタヨシ」

背後からMの声が聞こえた。振り返ると、Mが近づいてきた。

「寮に帰るのか」

Mは訊いた。私は男子寮に住んでいなかった。なぜ、Mが「寮に帰るのか」と言ったのか理解できなかった。

「俺は寮には住んでいないよ」

と私は言った。

「住んでいないのか」

「ああ」

「そうなのか」

Mはがっかりした様子だった。

「寮に行って話をしないか」

Mは私を誘った。

間借り部屋に帰り、ラーメンを食べる以外に予定はなかったが、Mと話すということは、Mが抱えている「家族闘争」について話すということである。私はMと「家族闘争」のことを話し合う気にならなかったから、

「いや。用事があるから」

と嘘をついて断った。

「そうか」

Mは残念そうであった。話を続けたそうにしているMに、

「じゃな」

と言って、私はMから離れた。

構内の中央通りを横切り、図書館の左端にある小さな階段に向かって歩きながら振り向くと、自治会室から漏れている蛍光灯の白い光をバックにして、Mは名残り惜しそうに立っていた。

赤平町の間借り部屋に帰った私はラーメンを食べ、隣の学生と雑談をした後にシャワーを浴びようと男子寮に行った。私は風呂代を節約するために男子寮のシャワー室を利用していた。私が男子寮に住んでいるとMが勘違いしたのはシャワー室を利用している私を時々見かけたからかもしれない。

ハイビスカスの垣根を曲がって男子寮に入ろうとした私の足が止まった。玄関に居る数

人の学生の様子が変であったからだ。寮内ではみんな軽装であるのに彼らの服装はデモをする時のような厚着であったし、あたりを見回しながら落ち着きがなく歩いていた。彼らは確実に寮生ではなかった。異様さに気づいた私は玄関を離れ、男子寮の裏に回った。裏から入ると見知っている学生がいたので彼から話を聞いた。彼は男子寮が襲撃されたという、襲われた学生たちは大学構内に逃げたと話した。私は自治会室に急いで行った。

自治会室に集まっている学生たちはみんな恐怖で緊張していた。彼らの様子を見れば襲撃の激しさが想像できた。知り合いの学生が私を見ると、Mが重傷を負って病院に運ばれたと言った。M以外に早稲田大学から来た学生が負傷して病院に運ばれたらしい。Mが重傷であると聞いた私はMの様子を知りたかったのでそのまま大学構内に残った。

Mが死んだ。

夜明け前に病院から帰ってきた照屋さんがそう報告した。

私はMの死を全然予想していなかった。怪我の状態といつまで入院するのかを照屋さんが報告するのだろうと予想していた。しかし、私が全然想像できなかったMの死を照屋さんは報告した。私は頭が真っ白になった

「家族闘争」さえできない純朴なMが死ななければならない理由はどこにもないという妙

な思いが私にはあり、Mの死が信じられなかった。しかし、Mは死んだ。すすり泣きがあちらこちらから聞こえてきた。

沖縄の激しい政治の季節に、琉球大学の学生であったがゆえに学生運動に走ったM。沖縄に生まれたがゆえに沖縄の古い因習を受け入れていたM。家族を愛していたがゆえに学生運動に参加していることを打ち明けることができないで深刻に悩んでいた純朴な若者M。Mは、革命へ突き進もうとする学生運動に参加しながらも、古い沖縄の因習を受け入れている若者の一人であった。革命思想と古い因習を同時に内包していたM。そんな矛盾を抱えている一人の若者が革命とは関係のない争いで命を失った。

Mの死に、私は、怒りや悲しみではなく、体中がいいようのない虚無感に包まれ、「なぜ・・・なぜ・・・」と、答えを出すことができない自問を繰り返していた。

あの日から、もう、四十年が過ぎた。

トタン屋根の古い木造の演劇クラブ室で、
「女郎屋へ。くそ、女郎屋へ」
と、くそ真面目な顔で、口から唾を飛ばして叫んでいたMの顔を思い浮かべると、今でも、苦笑してしまう。

六月のスイートコーン

梅雨の季節が過ぎて、スイートコーンの実が熟する初夏がやって来た。涼しい空気が漂っている日曜日の早朝、祐一はスイートコーンを収穫するために鎌とダンボール箱を持って家を出た。風のない静かな朝。歩くとひんやりとした空気が体に触れて気持ちいい。

大きながじゅまるの木のある門を出て、左に曲がり、百メートルほど歩いていくと、スイートコーンが植わっている畑に到着する。畑の回りの雑草の緑葉には小さな露たちが白く輝いている。地面の草はしっとりと濡れている。祐一は畑に足を踏み入れた。畑といっても二百坪に満たない小さな畑だ。

畑の一角には、祐一の背より高くなっている三十本のスイートコーンが静かに植わっていた。今年初めて植えた。うまく育ってくれるか心配だったが、春先の涼しい季節に植えた苗はぐんぐん成長し、やがて実をつけ、実は着々と成長していき、梅雨の雨の慈みの日々に実の先端からは白いひげが生え、茎の先端からは花が咲き、梅雨が明けて、六月の半ば頃になると白いひげがこげ茶色になり、見事な食べごろの実になっていた。

東京に住んでいる孫たちの好きな食べ物がスイートコーンだと聞いたので、孫たちを喜ばすために植えた。畑を眺めていると、孫たちがおいしそうにスイートコーンを食べている姿が浮かんできて、祐一の顔から自然に笑みがこぼれる。

祐一はダンボール箱を足元に置いて収穫を始めた。二十センチ以上に大きくなった実は祐一の胸と同じくらいの高さについている。大きな葉を振り払い、緑の皮に覆われた実を左手でぐいと掴んで、横にひねりながら下に曲げて根元を鎌で刈った。実はずしりと重い。

「うわー、じいちゃんのスイートコーンは重いなあ」

孫の祐太郎が驚いている姿を想像して祐一はにんまりした。にんまりした後に、「そんなことはないか」と呟いて苦笑した。

祐一は次々と実を刈り取ってダンボール箱に入れた。三十本目を刈り終えた頃には、東の空から姿を現した太陽の赤い陽射しが畑に降り注ぎ、畑に植わっているさつま芋やセロリやおくらなどの野菜たちが赤っぽく輝いていた。

祐一は一杯になったダンボール箱の前に座り、ダンボール箱から一本ずつ取り出して、濃い緑の固い皮を剥ぎ取り、柔らかい皮だけを残した。皮剥ぎの作業が終ると、祐一はダンボール箱を抱えて家に帰った。


スイートコーンは早く食べた方がおいしいと噂に聞いている。そうであるならば、できるだけ早く東京に送ってかわいい孫たちに食べさせてやりたい。祐一は冷えたお茶を一杯飲んでから東京に送る準備を始めた。

縁側にスイートコーンの入ったダンボール箱を置くと、祐一は老眼鏡をかけた。そして、スイートコーンをひとつひとつ手に持ち、虫がついていないか、葉が枯れていないかを丁寧に調べた。調べた後、祐一は大きくて重いのを二十本選んでから別のダンボール箱にひとつひとつ新聞紙で包んで入れた。

「私が丹精をこめて作ったスイートコーンです。スイートコーンには祐太、洋子さん、祐太郎くん、祐治くん、美鈴ちゃんへの私の愛情がこもっています。みんなで仲良く食べてください」

と書いた手紙を箱に添えたかった。しかし、祐一は露骨な愛の表現を恥ずかしいと感じる時代の人間である。愛の手紙を箱に添えることはできなかった。

　スイートコーンを箱詰めしていると、背後から母のウシの声がした。

「そのとうもろこしはどこに送るんじゃ」

ぶっきらぼうなウシの声に、祐一の楽しいひとときはかき消された。

「東京に送る」

祐一はウシに背を向けたまま答えた。

「祐太に送るんか」

ウシは訊いた。

「そうだ」

祐一が答えると、

「どうせ、祐太は沖縄に帰って来ないのじゃろう。詰まらないことをするもんじゃ」

ウシは吐き捨てるように言った。沖縄に帰って来ない祐太にスイートコーンを送るのは愚かであるという口振りである。

家は代々長男が継ぐものであるとウシは考えている。祐太は祐一の長男である。だから、祐太はこの家を継がなければならないとウシは思っている。それなのに祐太は三十歳を過ぎても沖縄に帰ってくる気配を見せない。

「祐太は長男としての義務を果たしていない」と、
祐太の話が出るたびにウシは愚痴をこぼした。長男としての義務を果たしていない祐太にスイートコーンを送るのは、愚かな行為であるとウシは祐一に言いたいのだ。

ウシの嫌みのこもった言葉に、祐一はむっとしたが、なにも言わないで作業を続けた。

作業をしながら祐一は心の中で、

「東京に住む方が、沖縄に住むより幸せに暮らしていけるのなら、東京に住めばいい。祐太は無理して沖縄に帰って来なくていい。私と同じ辛さを体験しない方がいい」

と呟いた。

祐一はウシの言葉を無視し箱詰め作業を続けた。箱詰め作業が終りかけた頃に祐一の側に再びやって来たウシが、

「私をスーパーに連れて行け」

と言った。ウシは外行きの服に着替えていた。ウシは祐一の作業を無視して、早くスーパ

ーに連れて行くようにせきたてた。

ウシは東京に住んでいる祐太にスイートコーンを送るのは愚かであるという口振りであったが、ウシにとって孫やひ孫は可愛い存在であり、長男としての責任を負わない孫であっても可愛いことに違いはない。ひ孫だとますますかわいい。祐一がスイートコーンを孫の家族に送ると知ったウシは自分もかわいい孫の家族に贈物をしたくなったのだ。

「ほれ、早く」

とウシがせきたてるので、祐一はスイートコーンの箱詰めを中断して、ウシをスーパーに連れて行った。

ウシが祐太の家族に送る定番は黒砂糖、ちんすこうなどの沖縄産のお菓子とヨーロッパから輸入しているポーク缶詰である。ウシはスーパーで東京に送る商品を買い、それを詰めるダンボール箱をもらった。祐一は家に帰ると、スイートコーンをダンボール箱に詰めた後に、ウシがスーパーで買ってきた商品もダンボール箱に詰め、近くのコンビニエンスストアに持って行って、宅急便で東京に送った。


翌朝、祐一は実を刈り取った茎を切り、根を掘り返す作業をしていた。風のない初夏の朝は畑仕事を続けていると汗が吹き出る。祐一は流れ出る汗をタオルで拭きながら黙々と畑仕事を続けた。

「やあ、祐一。精が出るのう」

清二の声が聞こえた。

「おう、清二」

清二は近くに住んでいる同級生である。時々、朝の散歩の途中で祐一の畑にやってきて、祐一とよもやま話をやる。清二が来たので、祐一は鍬を置いて畑から出た。そして、清二と一緒に畑の側に座りよもやま話を始めた。

「スイートコーンを収穫したのか」

「ああ」

「次はなにを植えるのだ」

「そうだな、サニーレタスやゴーヤーを植えようと思っている」

最近、清二は長男夫婦と一緒に住むようになった。祐一が長男の家族と住んでいないことを清二は気になるようで、

「祐太はまだ東京に住んでいるのか」

と、祐太のことを訊いた。

「ああ、東京に住んでいる」

「子供は何人だ」

「誰の」

「祐太の子供だ」

「ああ、祐太の子供か。祐太の子供は三人だ」

「三人か。たしか祐太はコンピューター会社で働いていたな」

「違う。コンピューター会社ではない。コンピューターで色々なプログラムをつくる会社だ」

「コンピューターでプログラムをつくる・・・。ふうん、俺にはよくわからん。ところで祐一、裕太はいつ沖縄に帰って来るのだ」

「え、どうして」

「祐太は長男だろう。長男は沖縄に帰って来なければならないだろうが。祐太はいつ沖縄に帰って来るのだ」

「さあな」

祐一は、長男は沖縄に帰って来なければならないと考えている清二とは祐太の話をしたくなかった。

「おいおい。『さあな』ではないだろう。祐太は長男だろう。沖縄に呼び戻さなくては駄目だよ」

「そうかなあ」

「そうだよ。お前はのんきな男だなあ」

清二は祐太を沖縄に呼び戻そうとしない祐一に呆れた。

「お前が年寄りになって足腰が立たなくなったら誰がお前の世話をするのだ。お前の世話をするのは長男の祐太だろう。今は元気だから世話を受けなくてもやっていけるが、八十歳九十歳になってみろ。頭はぼけるし体は不自由になるぞ」

「母は八十七歳だが元気だ」

「しかし、ウシさんはお前が面倒を見なければならないのだろう」

「面倒を見ているというほどのことはしていないよ」

と、祐一は言ったが、清二は、

「とにかく年寄りになれば長男の家族の世話にならなければならないんだ。お前は八十歳九十歳になっても一人で生活をするつもりか」

清二は、祐太を沖縄に呼び戻さなければならない理由を祐一に説いた。祐一は清二の話に押されて返事に詰まった。

「正直になれよ。お前の本音は祐太に帰ってきてほしいのだろう。せっせと野菜を作って東京に送っているのも、祐太を沖縄に呼び戻したい気持ちがあるからだろう」

「そんなのじゃないよ」

と、祐一は言ったが、清二のストレートな話は祐一の胸の奥を鋭く突いていた。

祐一の本音は清二の言う通りである。老人になると体が不自由になり他人の世話を受けないと生きていけなくなる。その不安は祐一にもある。祐一の老後の不安を解消する最良の方法は、祐太を沖縄に呼び戻して祐太の家族と一緒に住み、老後は祐太の家族に世話してもらうことである。

長男の家族と住みたいと思うのは、老後に不安を持つ人間の自然な心情であり、その心情は祐一にもあるし祐一の本音でもある。しかし、それは祐一の本音ではあるが考えではない。老後の不安をなくすために、祐太を沖縄に呼び戻すことがベストであると祐一は考えていない。祐太を強引に呼び戻したら、祐太の家族の幸せを破壊してしまうかもしれないからだ。祐太の幸せを犠牲にしてまで、自分の老後生活を安全なものにしようとは祐一は考えていない。祐太が帰りたくなって帰ってくるならうれしいことであるが、帰りたくない祐太を、強引に沖縄に呼び戻すことはやらないでおこうと、裕太が結婚した時から祐一は心に決めている。

今は老人ホームがある。一人で生活をすることができなくなれば老人ホームに入ればいい。それに今は訪問介護というのもあるし、祐太の家族に世話されなくても、なんとか一人でそれなりに生きていける。沖縄に帰って来るかどうかは祐太が決めればいい。祐太が沖縄に帰って来ないなら、それはそれでいい。祐一はそう考えている。

「祐太を早く沖縄に呼び戻さないと手遅れになるぞ。沖縄に帰って来なくなるぞ」

清二はそう言って祐一を脅した。そして、

「ふふ、孫はかわいいぞう。目に入れても痛くないという実感が孫と遊んでいると湧いてくる。お前も祐太を沖縄に呼び戻して孫たちと楽しめばいい」

清二の目じりが下がった。

「まあな」

孫は目に入れても痛くないくらいにかわいいというのは清二の言う通りだ。祐太の家族が帰省した時に、孫たちと触れ合っているとそう感じる。

祐太の家族が沖縄に戻ってきて孫たちと毎日遊ぶことができたら嬉しい。しかし、そうではないのだから仕方がない。

「もう、俺たちは若くない。年取ったら子供に面倒を見てもらわなくてはならない。お前はウシさんの面倒を見ているのだろう。祐太がお前の面倒を見るのが親子の摂理というものよ。祐太が沖縄に帰って来なかったらお前は独りで生きていかなければならないぞ」

「そんな心配をするのはまだ早いよ」

「お前は甘い。元気なうちに長男夫婦と同居したほうがいいのだ。お前も祐太を早く呼び戻したほうがいい。早く呼び戻さないと手遅れになるぞ」

清二は言いたいことを言うと、

「おう、もうこんな時間か。長話をしてしまった。じゃ、またな」

と言って、さっさと帰っていった。


清二が帰ったので、祐一は畑に戻り、再びスイートコーンの根を掘り返す作業を始めた。
・・・祐太を早く呼び戻さないと手遅れになるか・・・。清二の言ったことを思い出し祐一は苦笑した。祐太を早く沖縄に呼び戻さないと「手遅れになる」と三年前に死んだ鶴子は口癖のように言っていた。
祐太は洋子さんと結婚する時に、東京で職場の友人たちだけを招いて、ホームパーティー式の質素な結婚式を挙げようとした。しかし、鶴子は雄太を強引に沖縄に呼び、親類縁者を招いて、盛大な結婚式を挙げた。鶴子が強引に沖縄で結婚式を挙げたのは、祐太は大城家の長男であり、大城家を継がなければならない人間であるということを祐太と妻の洋子さんに自覚させたかったからであり、いずれは祐太夫婦は沖縄に帰って来なければならないという祐太への鶴子の通告であった。

しかし、祐太は結婚した後も沖縄に帰ってくる様子を見せなかった。そのまま放っておくと祐太は沖縄に戻って来ないかもしれないと鶴子は心配するようになった。鶴子は正月や旧盆が近づくたびに、祐太に何度も電話をして、沖縄に帰って来るように説得した。そして、祐太が沖縄に帰って来ると、長男である祐太は大城家を継がなくてはならない運命であると説いて、早く沖縄で生活するようにと説得した。その様子は、母のウシが若い頃の祐一を説得しているシーンを再現しているようだった。祐一は鶴子が祐太を説得している様子を見ていると、前妻の美代と離婚しなければならなかった若い頃の苦い経験が思い出され、その場から離れた。

祐太に最初の子供が生まれた時も、「早く沖縄に帰って来て」と、鶴子は祐太にしつこく迫った。「子供が幼稚園生になる前に祐太を沖縄に戻さなければ手遅れになる」と、鶴子は不安がり、「ナイチャー嫁に祐太を取られたら大変だ。早く祐太を沖縄に呼んでナイチャー嫁には沖縄のしきたりを教えなければ」と、鶴子はあせり、「仏壇を祐太に継がさないと先祖に申しわけない」と嘆いた。

四年前の旧盆に里帰りした祐太に、大城家のためだからぜひ沖縄に戻って来てと鶴子は必死に祐太を説得し、終いには、帰って来なければ親子の縁を切ると祐太を脅した。しつこく説得する母親に祐太は困り果てていた。

その夜、祐一は祐太を連れて居酒屋に行った。

「東京はいいいか」

「まあな」

「仕事は楽しいか」

「ううん、楽しいと言えるかもしれない」

「父さんもな、東京に住んでいたことがある」

「ウシおばあさんから聞いたことがあるよ。父さんは集団就職で東京に行ったんだって」

「そうだ。あの頃は高校に進学しない中卒のほとんどは集団就職で本土に渡った」

「父さんはどんな会社で働いたのか」

「金型工場だ」

「ふうん。金型工場か」

「ほう、祐太は金型を知っているのか」

「そりゃあ知っているさ。日本の金型技術の水準は世界一だよ。父さんは日本の誇る物造りの仕事をしていたんだ。すごいなあ」

祐一は金型の仕事をしていたことを褒められたので戸惑った。

「まあな。でも祐太の言うような自覚はその頃の私には全然なかった。なにしろ中卒で就職したからな。金型がどうのこうのは関係なかった。ただ、学校の先生が決めた工場で働いただけだ。最初の頃は、先輩たちに頭をこづかれながら技術を習得するのに必死だったよ」

「父さんは東京の生活は楽しかったか」

「ああ、楽しかった」

「父さんは、その仕事をずっと続けたくなかったのか」

「ううん、あの頃は金型の仕事に固執していなかったが、今から考えるとずっと続けておけばよかったと思う。金型は難しい仕事だったし大変だった。しかし、楽しかった。変な言い方だが」

「父さんの話の意味は分かるよ。高度な技術を習得するのは大変だけど、習得できたら大きな喜びに変わるということだよね」

「そういうことかもしれないな」

祐一は中学を卒業すると東京の下町にある従業員が二十名程の小さな金型工場に就職した。十年後に、工場を辞めて沖縄に帰ることになった祐一に、工場長は、

「中卒のお前が沖縄に帰ってもいい仕事にはありつけないぞ。沖縄に帰るな。せっかく十年間もこの工場で働いて金型の技術を修得したんだ。この工場でもっと腕を磨け。その方がお前の将来のためだ。金型のおもしろさを体験するのはこれからだぞ」

と言って祐一が工場を辞めるのに反対した。

工場長が言った通り、沖縄には金型の技術しか知らない中卒の祐一にいい仕事はなかった。沖縄に帰った祐一は軍作業や道路工事、建設工事等の肉体労働の職を転々とした。

祐太が沖縄に帰ったら祐一と同じように、東京で習得した仕事を生かすことができないかも知れない。収入も激減して生活に窮するだろう。それに鶴子は母のウシと性格が似ている。鶴子は、ウシが美代にやったように、沖縄の風習に洋子さんを強引に従わせようとするだろう・・・・。祐太も祐一と同じように離婚するかも知れないという不安が祐一にはあった。だから、祐太は沖縄に帰って来ないほうがいいと祐一は思っていた。

「父さんも東京で結婚したんだってね」

「そうだ」

「ぼくと同じだ。でも父さんはその人と離婚したんだろう」

「ばあさんが言ったのか」

「うん。ウシおばあさんは、前の奥さんは根性なしのナイチャー嫁だったと言っていたよ」

祐一は苦笑した。

「そうか。ばあさんが言いそうなことだ」

「どこの人だったの」

「東京の赤坂だ」

「へえ、東京の人か。どんな人だったの」

祐一は祐太に美代のことを聞かれて困った。前妻の美代の話を息子にするのは気恥ずかしい。祐一は口ごもった。

二十一歳の時に祐一は会社の事務員をしていた美代と恋をし、若い二人は同棲をした。翌年に美代が妊娠をしたので親に内緒で美代を籍に入れて祐一と美代は事実上の夫婦になった。二人は子供が生まれるのを楽しみにしていたが、過労が原因で美代は流産をした。流産をした後の美代は子宮内膜症にかかり妊娠がしにくい体になった。二度と妊娠ができないのではと心配している美代に、「子宮内膜症を治療し心と体を安静にすれば妊娠をすることはできる」と、医者は言った。

その頃、母のウシは沖縄に帰ってくるように祐一にしつこく迫っていた。祐一は帰るかどうか迷っていたが、祐一の故郷の沖縄でのんびりと過ごせば病気は治り、子供ができるだろうと考えた美代は、沖縄に行くことに賛成した。

「その人は沖縄に来ることに反対しなかったのか。実は洋子は沖縄に来ることをとても嫌がっているんだ」
「ううん、反対はしなかった」
「へえ、どうして」
「ううん」

美代が沖縄行きに賛成した理由を祐太に説明するには、美代の流産や病気のことを話さなければならない。祐太にそのことを話すのは不味いと思い、祐一は話に詰まった。祐一が困っていることに気付いた祐太は、

「お父さんは沖縄に帰ることに抵抗はなかったのか」

と話を変えた。

「ううん、抵抗はあったなあ。しかし、長男だから沖縄に帰って家を継がなければならないと考えていたから」

「ふうん。そうなんだ」

長男である祐一は、いずれは沖縄に帰らなければならないと考えてはいたが、中学を卒業してから十年間も過ごした東京の生活に未練があった。祐一としてはもっと東京に居たかったが、長男は家を継がなければならないという考えは祐一にもあったし、美代が沖縄に帰ることに賛成したので、祐一は東京の生活に未練を残しながら美代と一緒に沖縄に帰った。

美代が沖縄に来て驚いたのは沖縄の方言だった。沖縄は同じ日本であるし、祐一は流暢な共通語を使っていたから、沖縄の方言も注意深く聞けば理解できると美代は思っていた。ところが沖縄の方言は方言というより外国語のようなものであり、美代には全然分からな

かった。美代は沖縄の方言を覚える努力をしたが、独特な発音が混じっている沖縄方言を覚えるのに美代は大苦戦した。

グソー(あの世)、ウチャトー(仏壇にあげるお茶)、ウヤファーフジ(祖先)、ウサギル(捧げる)、ヒヌカン(火の神・台所の神)、ウタキ(御獄)、ヴガンジュ(拝所)、チムダカサン(霊感が強い)、ウチカビ(あの世で使うお金)、マブイ(魂)、ウートートゥ(祖先の霊への祈り)などの祭事に関わる言葉や祭事のしきたりを、長男の嫁である美代は早く覚えなければならないとウシは言い、ウシは美代に熱心に教えた。しかし、東京育ちの美代にとって、祖先崇拝を根にしている祭事の言葉の意味をなかなか理解できなかったし、共通語の下手なウシの方言混じり共通語による説明のせいもあって、美代は祭事のしきたりを覚えることが遅かった。そんな美代にウシは苛々した。

美代は祐一に方言の意味や方言に潜む思想について聞いたが、中学を卒業してすぐに集団就職で本土に渡った祐一は、日常会話の方言は知っていたが、祭事や宗教に関する沖縄方言の意味や思想については知らなかった。

「ねえ、祐一。ウチカビというのは天国で使うお金なんだってね。天国で先祖様が貧乏生活をしないためにウチカビを燃やして天国に送金するのでしょう」

「へえ、それでウチカビを燃やすのか」

「天国でもお金がないと生活できないというのは嫌だわ」

「仏教では、死んだらみんな仏様になるんだよな。お金がないと生活できない沖縄の天国より、仏教の天国の方がいいな」

「私は沖縄の天国には行きたくないから死ぬ時は東京で死ぬわ。祐一はどうするの」

「僕も東京で死ぬよ。死んだらお金のない世界で暮らしたいよ」

と言い、若い祐一と美代は笑った。


「ウートート」

「違う。ウートートゥだよ。トではなくてトゥだよ」

「ト」

「トゥ」

「違う。トゥ、トゥ、トゥ」

「そう、トゥだよ」

「ウートートゥ」

「そう、ウートートゥ、カートートゥ、マヤーコートゥ」

「あれ。なんなのそれ」

「子供の頃はそう言って、ウートートゥを茶化していた」

「どういう意味なの」

「知らない。単なる語呂合わせだと思う」

「ふうん。なにか意味があるんじゃないの」

美代は納得がいかなくて首を傾げた。


「マブヤーマブヤー」

「なんだ、それ」

「マブヤーマブヤー。祐一は知らないの」

「知っているよ。子供の頃に、転んだらばあちゃんがマブヤーマブヤーと言っていた」

「マブヤーマブヤーってなんの意味か祐一は知っているの」

と美代に訊かれて祐一は返事に困った。

「マブヤーというのはね、魂のことなの。子供は転んだ時に地面に魂を落としたりするの。だから、魂を体に戻すためにマブヤーマブヤーと言うの」

「なるほど、そういう意味だったのか」

「祐一のおばあさんはこんな仕草をして祐一の落ちた魂が地面から祐一に戻るようにマブヤーマブヤーと言ったでしょう」

美代は魂をすくい上げるように手を床から祐一の胸に繰り返し移動した。

「あれは落ちた魂をすくいあげていたのか」

「でも転んだだけで魂が地面に落ちるというのはおかしいわ」

「沖縄の子供の魂はとても重くて落ちやすいのじゃないかな」

「フフフフ、そうかも知れないわね」

祐一の冗談に美代は笑った。


　祐一が沖縄方言の発音を東京育ちの美代に教えながら、若い祐一と美代の二人は沖縄の方言の意味や思想について話し合った。

「沖縄はアニミズムの世界なのね。沖縄の人は自然の霊と先祖の霊に支配されているみたい。沖縄は霊がうようよしているみたい」

「ふうん。美代はそんな風に感じるんだ。僕はそんな風に感じたことはなかった。でも、美代の言う通りかもしれないな」

美代はウシの教えに批判的であったが、

「でも、郷に入れば郷に従えよね。私はおかあさんの教えに従うわ。一日も早く大城家の嫁としておかあさんに認めてもらうように頑張るわ」

と言って、美代は沖縄の風習に慣れる努力をし、祐一は美代を励ました。


　三年が過ぎても美代に妊娠の兆候が見られなかった。早く孫を生んで欲しいウシは、美代を連れてユタの家に行った。美代が妊娠しないのは先祖へのウガンブスクが原因であるとユタに教えられたウシは、ユタに指示されたあちらこちらのウガンジュ(拝所)に美代を連れて行き、先祖の霊の供養をやった。

「ねえ、祐一。ウガンブスクってどういう意味なの」

「え、ウガンブスク」

祐一はウガンブスクの意味を知らなかった。祖先崇拝を根としているユタは、家庭に災いごとが起こるのは祖先へのウガンブスクのせいであると教える。ウガンブスクの意味を知らなかった祐一は職場の年配の人から意味を聞いて美代に伝えた。ウガンブスクとは先祖への供養が足りないという意味であると知った美代は、

「私が妊娠しないのは病気のせいなのよ。病気が完治して心にゆとりができれば妊娠するわ。妊娠しないのを、先祖への供養が足りないせいにするのはおかしいわ」

と言って苦笑した。


美代は四年が過ぎても妊娠をしなかった。美代が子供の産めない体ではないかとウシは疑った。子宮内膜症という病気にかかっているために妊娠しにくい状態であると、美代はウシに説明したが、ウシは、「シキュウナイマクショウという病気と分かっていたら、医者が治せばいい。しかし、医者はシキュウナイマクショウを治すことができないじゃないか。医者は嘘つきだしでたらめだ」と言い、「子供は神からの授かりものだから子供を産める産めないは医者に分かるはずがない」と言って、子宮内膜症という病気が原因で妊娠できないことをウシは信じなかった。

ユタは、美代が妊娠しないのは美代がナイチャーであり、大城家の祖先の霊への信仰心

やユタへの信心が足りないせいであると、ウシに教えた。ウシはユタの教えを信じた。

ある日、美代は祐一に、

「ユーベーってなんのことなの」

と聞いた。ウシが、「祐一と別れたくないなら別れなくていい。あんたは籍を抜いてユーベーになりなさい」と言ったという。ユーベーとは妾のことである。ウシは、正妻の座を子供が産める女に譲り、美代は妾になるようにと言ったのである。ユーベーの意味を知った美代は大きなショックを受けた。大城家の嫁になろうと努力していた美代であったが、それからの美代はふさぎ込むようになり、

「東京に帰りたい」

と口癖のように言うようになった。

精神的に落ち込んだ美代は、ある夜、

「祐一。東京に帰りましょう」

と祐一に訴えた。祐一の正直な気持ちは美代と一緒に東京に行きたかった。東京ならなんの束縛もなく美代と水入らずの生活が送れる。

「しかしなあ」

祐一はため息をついた。祐一は長男である。長男である祐一は家を継がなければならない。

父母が年老いた時は祐一が世話をしなければならない。父母を見捨てて東京に行くことは祐一にはできなかった。

返事に困っている祐一に美代は、

「祐一、東京に帰ろう。東京で祐一と美代の二人だけで暮らそう」

と懇願した。祐一は東京へ行きたい気持ちはあったが、それができない自分がいた。

「僕だって本当は東京に行きたいよ。でも僕は長男だ。親を捨てて東京に行くことはできない」

家は長男が継がなければならない、両親は長男が世話をしなければならないという考えは沖縄の根強い風土思想であるし、祐一の心にもそれは根強くあった。東京に行きたいという正直な気持ちを「よし、行こう」という決意に転換させることは祐一にはできなかった。

美代の実家は東京の赤坂にあったが、

「祐一が私と一緒に東京に帰るなら、私も家族を捨てる。私は二度と父とも母とも兄弟とも会わない。祐一、東京に帰って昔みたいに二人だけで暮らそう」

美代は涙を流しながら祐一に訴えた。美代の必死の訴えに祐一は、

「僕は長男だ。僕は家を継がなければならないし、両親を世話しなければならない」

と言って美代と東京に行くのを渋った。

「ぼくは美代と絶対に離婚はしない。もう少し辛抱すれば、美代も沖縄の生活に慣れると思うし、子供も生まれるだろう」

東京に行くわけにはいかない祐一は、美代が沖縄にとどまるように説得した。祐一に、東京に行くことを拒否された美代はますます塞ぎ込むようになり、祐一とのセックスを拒否するようになった。

「祐一は好き。でも、沖縄の怨霊は恐い。祐一にではなく沖縄の怨霊に抱かれるような気がして私の心が変になるの。ごめんなさい」

セックスを拒否する理由を、美代はそのように言った。

沖縄に来て五年目の年の暮れに、美代は自分の名前を書いて押印をした離婚届けを祐一の前に置いた。美代が離婚を決意するとは祐一は予想していなかった。

「考え直してくれないか」

という祐一に、

「お願い。私と東京に帰りましょう」

と美代は懇願した。

「僕は美代と離婚したくない。お願いだ、沖縄に居てくれ。その内にみんな解決するようにする」

「その内という時期はもう過ぎたわ。私の心は沖縄の怨霊にもう耐えられない」

「僕は美代と別れたくない」

「私も祐一と別れたくない」

「美代が好きだ」

「祐一を愛している。でも」

祐一を見つめる美代の目から涙がこぼれた。

「私、疲れたわ。楽になりたい」

祐一は沖縄に留まるように美代を懸命に説得した。美代は祐一に、東京に一緒に帰ろうと泣きながら訴えた。愛し合っている祐一と美代であったが、二人が住む場所は違っていた。

「私は祐一と結婚したの。祐一の家と結婚したのじゃないわ。郷に入れば郷に従えと言うけど、どんなに従おうとしても従うことができない郷もあるわ」

悩み続けて、やつれ果てた美代は言った。そして、

「祐一を愛している。祐一と暮らしたい。でも、沖縄で生活するのはもう限界。ごめんね、祐一」

という言葉を残して、美代は祐一の前から去った。


「困ったか」

「なにが」

「母さんだよ。母さんにしつこく沖縄に戻るように説得されて困ったか」

祐一が訊くと、祐太は、

「正直言ってまいったよ」

と頭を掻きながら苦笑した。

「沖縄に帰ってくる気はあるのか」

祐一が言うと祐太は困った顔をした。

「そりゃあ、気持ちはないことはないよ。しかしなあ」

祐太は苦しそうに言い、話を止めて酒を飲んだ。

「しかし、なんだ」

祐一が訊くと祐太は「ううん」と腕組みをして考え込んだ。暫くの間二人の会話は途絶えた。祐太が返事に困っている姿を見て、

「沖縄に帰って来なくていいよ」

と祐一は言った。

沖縄に帰ってくるように説得されると思っていた祐太は祐一の意外な言葉に驚いた。

「本当にいいのか、父さん」

「帰ってくる気があるのか」

「父さんが帰って来なくていいと言ってくれたから正直に言うが、僕は沖縄に帰ってくる気持ちはない。帰ってくる気持ちがないというのは適切ではないな。心情としては生まれ故郷の沖縄に帰って来たい。しかし、帰って来たくても帰れないというのが適切な説明だと思う。沖縄に帰って来て東京と同じレベルの仕事と生活ができればいいけど、それはできないと思う。洋子だって今の仕事を続けたいと言っている。自分の仕事と家庭が一番大切だと僕は思う。父さんや母さんには悪いが沖縄に帰ってくるのはやっぱり無理だよ」

「だったら帰って来なくていい。東京で生活すればいい」

「本当に帰ってこなくていいのか」

「いいよ」

「でも母さんが・・・・」

「気にすることはないさ。無視すればいい」

「無視かあ。難しいなあ。父さんが母さんを説得してくれないか」

「それはできない」

「え、どうして」

「母さんのヒステリーは苦手だ」

「それはそうかも知れないな」

祐一と祐太の父子は苦笑した。

その日から、祐太は重荷から解放されたようで、鶴子の説得には「分かった分かった」と軽く受け流すようになった。

祐太を沖縄に呼び戻そうとしない祐一を、鶴子は非難した。鶴子は男より長生きする女の性を嘆き、

「私はあんたが死んだら墓や仏壇の面倒はみませんからね。あんたが死んだら私は祐太の居る東京に行きますからね」

と言って祐一を責めた。
祐一より長生きすると信じていた鶴子は三年前に交通事故で死んだ。
お盆や正月の度ごとに、沖縄に帰ってくるようにしつこく説得した鶴子が死んでからは、祐太の家族が沖縄に帰ってくる回数は減ってきた。さびしいことではあるが、それはそれでいいと祐一は思っている。

祐一はスイートコーンの根を全部掘り返す予定だったが、清二とよもやま話をしたために、全部の根を掘り返すことはできなかった。半分ほどの根を掘り返して、祐一は朝の畑仕事を終えた。畑から出て、仕事にでかけるために家に戻った。
家に入る前に、祐一は門のがじゅまるの木の根に腰を下ろし、暫しの休息を取りながら汗を拭いた。

美代のことが頭に浮かんだ。最近はよく美代のことが頭に浮かぶ。美代はすでに六十歳を越した婆さんになっている。六十歳を過ぎても美代はきれいだろうし、純な心を持っていると祐一は信じている。美代なら祐一の作ったスイートコーンを見て感動し、手放しで喜んだだろう。

東京に送ったスイートコーンは祐太の家に届くのは確実であるのだが、祐一の心の隅では、東京のどこかに住んでいるはずの美代に届くような気がする。ふっと、祐太の嫁の洋子さんの顔が美代の顔に変わった。そして、祐太と自分が入れ代わっているような気分になった。東京に住んでいる若い祐一と美代と三人の子供の幸せな家族が、仲良くスイートコーンを食べているイメージがすーっと浮かんだ。甘酸っぱい気分になりながら祐一は苦笑した。

さわやかな風が、
がじゅまるの木に
さあーっと吹いて枝が揺れた。
初夏の朝である。

満月の浜の男と女

男と女は沖縄のある所で出会い、愛し合い、恋の炎は熱く燃えていった。熱く燃えた男と女はひとつ屋根の下で一緒に暮らしたいと思うようになった。しかし、沖縄に産まれ育ち、東京で仕事をしている男は明日東京に行くという。東京に生まれ育ち、沖縄に移住した女は沖縄に住み続けるという。明日から二人の生きる場所は別々になろうとしている。恋の熱だけに浮かれて生きることのできない、三十一歳の男、二十九歳の女。恋よりも自分が選んだ人生を優先していこうとしている男と女。出会ってから九十九日目の静かな海辺の村の夜。今夜が男と女の最後の夜になるのだろうか。二人に一〇〇日目の夜はやって来ないのだろうか。


「僕と一緒になってくれ。一緒に東京に行こう」

男の求婚に女はさびしく首を横に振るだけ。

「私には喘息の雄太がいるわ。東京に住むとせっかく治りかけた喘息を悪化させてしまう。私は雄太を連れて東京には行けない」

女は子供の健康のために東京には行けない。沖縄に住み続けることが子供と女の幸せ。

「東京だって緑の木々に囲まれた田舎はある」

男の説得に女は小さく首を振る。

緑の木々に囲まれた場所ならどこでもいいという問題ではないの。青い空、青い海、白い砂浜、緑の木々。澄んだ空気。それら全てを網羅した沖縄が雄太の喘息を根本から治癒してくれる。雄太の身も心も浄化してくれる。こんな素晴らしい場所は沖縄にしかない。東京から偶然沖縄に来て、偶然雄太の喘息がよくなって、偶然沖縄の自然が好きになった。偶然の蓄積はもう偶然ではないわ。必然なの。

「緑の木々に囲まれた所、海のある所は東京にもあるわ。でも、私と雄太は沖縄に住んで沖縄の全てが好きになった。緑の木々や海があればどこでもいいというわけにはいかないわ」

男は困った。女の言う通りだ。そのことは男だって知っている。男は女と結婚したい。結婚したいから女の抱えている問題を男の都合のいいように解決しようとしただけだ。

「恵美さんの言う通りかもしれない。でも僕の気持ちを理解して欲しい。恵美さんと結婚したい。恵美さんと同じ屋根の下で暮らしたい」

「私も英次さんと同じ屋根の下で暮らしたい」

女は涙ぐんでうつむく。

でもあなたは東京に行く。私と雄太は沖縄を離れない。東京と沖縄をひとつの屋根にすることはできない。ああ、それはどうしようもない現実。

母としての我が子への慈愛の心と、女としての恋の熱い心が、悲しい一筋の涙となって女の頬を流れる。

「恵美さんが好きだ」

男の声に強い愛を感じる女は胸が締め付けられる。

「私も英次さんが好き」

でも私は東京に行けない。あなたは東京に行くことを止めない。今夜があなたと私の最後の夜。あなたは私と離れて東京へ行ける。あなたの私への愛はそんなもの。私はあなたと東京に行かない。私のあなたへの愛もそんなもの。あなたには仕事への情熱があり、私には子供への愛がある。あなたと私の人生は別々の世界を選んだ。それだけのこと。そう、それだけのこと。ああ、どうしようもないそれだけのこと・・・。女の目から涙がこぼれつづける。

「だったら、僕と一緒に東京に行こう。東京は恵美さんの故郷だ。東京の実家に帰ることはあるだろう」

「今年の正月は両親と三日間過ごしたわ。三日間だけ」

そう、たった三日間だけ東京にいた。四日目には沖縄に帰ってきた。

「僕と東京に行こう」

真剣な男のまなざしに女は胸が締め付けられる。あなたは私と一緒に住みたいと強く思っている。私もあなたと一緒に住みたいと強く思っている。でもあなたは沖縄に住まない。私は東京に行けない。東京には住めない。

男は東京の証券会社に就職した。世界の政治と経済が複雑に絡み合い、混沌として明日が見えぬカオスのような株売買の世界で男は必死に生き、もがきそして傷つき、神経失調症を患い、病院から渡された大量の治療薬の効果もなく円形脱毛症になった。男は神経科のドクターから長期療養を勧められた。男は半年の長期休暇を取った。痛んだ神経を休めるために男は生まれ故郷に帰った。村ののんびりとした生活で男の神経は癒え、活力は回復した。

神経がぼろぼろになるくらいにぎりぎりの戦いをする株売買の世界に魅せられた男は、活力が回復したので、再び東京で株売買の世界に挑もうとしている。

「お願い。東京に行かないで。私と一緒に沖縄で暮らしましょう」

女の哀願に男は迷う。男は女と東京で暮らしたいのに、女は男と沖縄で暮らしたいという。とても女と一緒に暮らしたい男だから、「私と一緒に沖縄で暮らしましょう」と何度も言われると、心が揺れ、「うん、沖縄で暮らそう」という言葉が激しく喉を突き上げる。

女との生活はきっと充実した幸せな生活になるだろう。でも、真剣勝負の世界が東京にはある。財産のない一人の若造が、一日に何百億円という大金を右左に動かす株売買。混沌としたカオスの世界で真剣勝負をする株売買。株売買の世界は一度体験すれば辞めることができない。厳しく激しい渦の中で神経がずたずたにされるが、読みが的中して勝利した時はこの上ない至福になれる世界。東京にしかない世界、沖縄にはない世界。

株売買の魅力に取りつかれた男は東京に行く決心を変えることができない。だから男は、「うん、沖縄で暮らそう」の言葉を強引に心の奥に封じ込める。男の決心はとても強いが、それでも男の心の中では女の魅力と東京の魅力が葛藤して悶々とする。東京で生きる夢を捨ててしまえば気持ちは楽になる。東京で生きることは苦しい。

「私と小さな幸せを生きていきましょう。この島は英次さんが生まれ育ったところ。この島が一番英次さんに安らぎを与えてくれるところ。この島で安らぎの生を、小さな幸せを過ごしていきましょう」

小さな幸せか。なんというここちいい響きなのだろう。孤独な闘いを強いられる男にとって「小さな幸せ」は魅力的な言葉。孤独な闘いで疲れ果てた神経を解きほぐして「小さな幸せ」にくるまれて眠る。この上ない安らぎの世界。東京にいると孤独と不安がつきまとう。沖縄にいると安堵感が自然に湧いてくる。東京で患った神経症が沖縄で過ごした半年で癒えた。生まれ育った沖縄は心を癒してくれる。安らぎを与えてくれる。沖縄には「小さな幸せ」が漂っている。

「英次さんがこの島に住んでくれたらどんなに嬉しいことか」

女は男を見つめながらいう。

「英次さんの神経失調症は故郷のこの村に住んで治ったのでしょう」

それは事実だ。男の神経失調症は沖縄の生まれ育った村に帰ってきて治った。東京にいれば神経失調症はもっとひどくなっていただろう。しかし・・・。

「神経失調症が治ったということは英次さんの心が沖縄に住むことを望んでいる証拠よ。私と一緒に沖縄に住みましょう」

男は返事をすることができない。女の言う通り故郷の村で過ごした半年は神経が安らぎ、東京で患った神経失調症は治った。しかし、村が男の神経を癒しても、島が男の心に安らぎを与えても、男の夢は沖縄に住むのを望んでいない。女と「小さな幸せ」を育んでいきたいが、しかし、「小さな幸せ」は幸せの中のひとつでしかない。幸せの全てではない。やりがいのある仕事をするのも幸せのひとつだ。沖縄には男のやりがいのある仕事がない。沖縄は男の夢を窒息死させてしまう。

「それはできない」

男は小さな声で言う。

「どうして」

あなたは東京で傷つき倒れた敗北者。ドクターの神経失調症の宣告はあなたが東京生活の不適任者であることを断言したようなもの。あなたに敗北宣言をしたようなもの。あなたはそのことに気がついていない。あなたは再び東京で敗北する運命。五年後か十年後か、それとも二十年後かは知らないけど、あなたは東京でぼろ雑巾のようになってしまう。あなたは東京に行かない方がいい。私と沖縄で暮らした方がいい。

「神経失調症が治ったということは英次さんの心がこの沖縄に住むことを望んでいる証拠

よ。私と一緒に沖縄に住みましょう。沖縄でなら英次さんも私も幸せになれる」

そうじゃない、そうじゃない。神経失調症が治ったとしても僕が沖縄に住むことを望んでいることにはならない。あなたと一緒に住むのは幸せだ。でも沖縄であなたと住むのは幸せでもあるが不幸でもある。

「駄目だ。僕の夢は東京にある」

「東京では、英次さんはぼろぼろになるだけ。私と沖縄で幸せになりましょう」

幸せ、幸せ、幸せ。ああ、なんて心地のいい言葉だろう。しかし、女の言う沖縄での幸せは男と女の恋の幸せ。家庭生活の幸せ。その幸せは株売買のスリリングな興奮と陶酔の幸せを捨てなければならない幸せ。

「ぼくは仕事を捨てることはできない」

「仕事は沖縄にもあるわ」

あなたのいう仕事は生活のための給料をもらうのを目的にした仕事のこと。仕事は生活を支えるための仕事だけではない。情熱を注ぐことができる仕事というものがある。生き甲斐を感じる仕事というものがある。それが本来の人間の仕事だ。僕がやりがいを感じる仕事は株の売買だ。何百億円もの金を右左に動かすスリリングな世界。緊張と興奮と陶酔をもたらす世界。それは東京にしかない。

「沖縄では生活を支えるための仕事しかない。東京には僕の情熱を燃やすことができる仕事がある。東京に僕の生きがいはある」

神経をぼろぼろにして、神経失調症になって、頭髪が円形に脱毛して、ドクターには長期の休養を勧められた。それでもあなたは東京へ戻るというの。それは駄目。東京はあなたを不幸にしてしまう。

「お願い。私と一緒に沖縄に住みましょう」

「いや、それはできない。僕と一緒に東京に行こう」

東京に住みたい男と沖縄に住みたい女の話は平行線。女はいたたまれなくなった。女は部屋に居るのが辛くなった。

「英次さん。浜辺に行きましょう」

女は男との最後の夜を村の近くの美しい浜辺で過ごしたくなった。

「東京にだ」

男は部屋の中で東京に行くのを説得し続けたかった。

二人には別離しかない。そう思う女は部屋に居るのが悲しくていたたまれなくなった。

女は庭に出た。

「英次さん」

女は男を呼んだ。しかし、男は女の誘いを拒否するようにじっとしていた。女は庭に立ち、満月の下で男を見つめていた。暫くして、男は女を見た。

「来て」

男はじっと女を見つめたままだった。

「浜辺に行きましょう。お願い」

男は動かなかった。男を見ていると涙が止めどもなく溢れてくる。男を見るのに耐えきれなくて女は男に背を向け、浜辺に去って行った。満月に照らされた美しい後姿を男の残像に残したまま。


満天の星空に満月が煌々と輝いている。さざなみの音が聞こえてくる。やさしい夜の潮風が頬を撫でる。女は草履を細い指につり提げて裸足で砂を踏む。足裏を砂が愛撫する。砂浜を裸足で歩く快さ。ああ、足裏でこそばゆい幸せを体感するひととき。私は浜が好き、海が好き、この島が好き。私はもう東京には住めない。女はさざ波の音を聞きながら溜息をついた。

女の居ない部屋で男はとてもさびしくなった。男は女に会いたくなった。男は部屋を出て、浜辺に走った。


満月の白い光が浜辺を照らしている。

女は青白く輝く砂浜に静かに立っている。

女は沖を見つめている。

満月の光に映える女の美しい姿。

ザザーッと波音が繰り返される平穏な浜。
男は女に近づいた。
男の砂を踏む足の音に女は振り返った。
男を見て、女は微笑んだ。
女の頬の涙が満月の光にさびしく輝いている。
水平線の彼方から吹いて来る潮風がふたりをやさしく撫でる。
満月の光に、
雲、海、山、浜辺は輝いている。
山の麓は闇に覆われている。
みみずくの鳴き声がホーホーと山の闇から聞こえてきた。

「東京に行けば英次さんの神経はぼろぼろにされるのよ」

「そうかも知れない」

「再び円形脱毛症になるかも知れないのよ」

「そうかも知れない」

「それでも東京に行くの」

「行く」

女は切ない気持ちになりながら、満月の光に煌いている海を見つめた。

「不幸の淵へ自ら飛び込んで行くなんて、英次さんは愚かだわ」

女は海に向かって呟いた。

「東京は不幸の淵ではない。厳しい苦しみのるつぼではあるが」

「苦しむことは不幸なことだわ」

「苦しみを不幸と決めつけることはできない」

「不幸よ」

「不幸ではない」

人間として生き、人間として燃焼することが人間の人間としての幸福。本当に不幸なのは人間として生きることができないこと。苦しみは不幸ではない。

「不幸だわ」

「不幸ではない」

男は意地になって否定した。女は男の頭が変になったのかと一瞬疑った。苦しみは不幸。そんな単純明快な道理さえ理解できないの。あなたはもう神経が異常になっているのかしら。女は男の負け惜しみの話に苦笑した。

満月は頭上から地と海を照らしている。

砂は青白く輝いている。

沖の波の泡が青白く輝いている。

女は男をみつめた。

あなたは強くない。

あなたは自分の弱さを自覚していない。

あなたは東京で敗北する。

敗北しても東京で生き続けるの、あなたは。ますます自分を惨めにしていくの、あなたは。

才能ある者たちが容赦のない争いをするのが狂都東京。あなたは狂都東京で惨めに敗北する。あなたは敗北してぼろ雑巾のようになる・・・。


「自分の才能を信じて、自分の才能を発揮する場所で生きるのが人間にとって人間としての幸福だ。厳しい世界で生きるのは苦しい。でも、苦しみは不幸ではない」

男は懸命に主張する。


あなたに才能があればね、と女は男を見つめる。見つめられた男は女の憂いを秘めた眼差しに心を惹かれる。女の憂いを秘めた目に惹かれながら、女が苦笑しているのを見て、男は失望に襲われる。ああ、あなたは僕の生き方を理解していない。とても肝心な僕の生き方を。

人間が人間として生きるということは、動物としての本能を捨て、人間が築き上げた文明の先端で生きるということ。

神経失調症を患い円形脱毛になっても決して僕は不幸ではないことをあなたに分かってほしい。株売買のディーラーとして悩み苦しんだ僕だが、人間としては決して不幸ではなかった。悩み苦しむこともまた人間にとっては幸福。ああ、でもあなたは僕の考えを理解してくれない。どう言えばいいのだ。どのように説明すればあなたは理解してくれるのだ。僕は不幸ではない。孤独の闘いは不幸ではない。僕は僕の生き甲斐を生きている。だから不幸ではない。

あなたは沖縄で幸せなのか。子供が健康に育つことがあなたの本当の幸せなのか。東京で喘息だった子供が沖縄で喘息が治ったということがあなたの幸せなのか。あなたは子供のために自分を犠牲にするのが幸せだというのか。子供が健康であればあなたは本当に幸せなのか。子供が幸せであればあなたは本当に幸せなのか。それはおかしい。あなたこそあなたの本当の幸せを理解していない。あなたが沖縄に住んでいる理由は子供の健康のためでありあなたの幸せのためではない。

子供を育てるのは人間だけではない。あらゆる動物がやっている。子供への愛は動物も人間も同じ。子供への愛は人間の動物的本能。人間の人間的本能ではない。あなたはファッションデザイナーだった。あなたがデザインの話をしている時は目が活き活きとしていた。あなた自身の幸せはデザインの仕事をしている時だ。しかし、あなたはデザインの仕事を辞めた。あなたは自分の生き甲斐を捨てた。それはあなたの人間としての不幸だ。

あなたはあなたの子供を育てることに幸せを感じている。でもそれは動物的幸福。自己犠牲の幸福。人間的幸福ではない。あなたは子供の喘息を治すためにファッションデザイナーの道を捨てた。あなたはあなたの夢を捨てた。それは人間としてのあなたの不幸。あなたは人間としての幸福を捨てたのだ。あなたはあなたの幸せのあり方を知らない。

あなたの夢はあなたの夢であり、子供の夢ではない。子供の夢は子供の夢であり、あなたの夢ではない。子供は子供、あなたはあなた。二人は親子ではあっても別々の人間。それぞれが一個の人間。人間はそれぞれに一個の人間としての夢と人生を歩むべき。

・・・子供のために自分の夢を捨てる方が人間として不幸この上ない・・・男はそう思う。

満月の光に白く輝いている波は浜に向かって寄せている。柔らかな潮風は浜にいる男と女を撫でている。

「青い海。白い砂浜。緑の木々。太陽。星たち。とても素晴らしい自然。明るくて屈託のないお婆さん。偏屈だけど陰険ではないお爺さん。やさしい村の人たち。私は沖縄に来て人間の心を取り戻したわ。もう東京に戻る積もりはない。雄太が喘息になったのは東京の空気のせいだわ。東京の空気はストレスを一杯含んでいる。雄太は東京のストレスを吸って喘息になったのだわ。沖縄に来て雄太の喘息は快方に向かっている。素晴らしい沖縄。英次さんが沖縄を離れて東京に行くのが私には理解できない」

東京の空気と同じように、沖縄の空気は沖縄のストレスを内包している。東京の空気が内包しているストレスとは性質が違うだけ。でも、よそ者のあなたは沖縄の陰湿なストレスを感じることはできない。沖縄のストレスは沖縄の内にある。あなたがよそ者でいる間は沖縄のストレスを感じることはできない。


「僕は沖縄で生活していると息が苦しくなる」

意外な男の言葉。女には信じられなかった。

「信じられないわ。天真爛漫な人々。屈託のない笑顔。こんなに沖縄は素晴らしいのに。沖縄に住むことができないのは英次さんの心が卑屈になったせいなのかしら」

女はいたずらっぽく微笑んだ。

・・・僕が卑屈か・・・男は苦笑した。卑屈は僕ではない。沖縄が卑屈だ。あなたは沖縄の卑屈を知らない。沖縄には明るくて屈託のないお婆さんだけが居るとあなたは信じている。偏屈だけど陰険ではないお爺さんだけが沖縄のおじいさんだとあなたは信じている。沖縄にはやさしい人たちだけが住んでいるとあなたは信じている。あなたが信じているのはよそ者に見せる沖縄の表の顔。あなたはよそ者だから、沖縄の表の顔しか見たことがない。沖縄の裏の顔を見たことがない。沖縄の屈折した卑屈な顔をあなたは見たことがない。

海の沖から柔らかな潮風が吹いてきて、やさしく男と女の頬を撫でる。

寄り添う男と女。

西に傾いていく満月の光は波が寄せては返す砂浜に男と女の寄り添う一つの影をつくっている。


「私は東京に住めない。東京は人間の住む場所ではないわ。お金と出世、欲望の塊の野獣たちが競争する世界。プレッシャーを撒き散らしストレスを増大させる魑魅魍魎の世界。人間の姿をした化け物達が上へ下へとひしめいている世界。英次さんは人間の姿をした化け物になりたいの」

あなたのいう化け物は人間として精一杯生きている人間たちのこと。そんな人間が東京に蔓延しているのは事実だ。

「化け物か」

男は苦笑した。

「化け物なら沖縄にだっている」

「ふうん。なんという化け物なの」

「キジムナー」

「ちょうんちょうんちょうんちょうんちょうん、キジムナーがちょうんちょうんちょん」

女は最近覚えたキジムナーの歌を口ずさんだ。

「可愛い化け物だわ」

キジムナーは本土の人間には愛嬌を振りまく。しかし、沖縄の人間には冷酷に振舞う。

「キジムナーに襲われたら体が動けなくなって終いには窒息して死んでしまう」

「ふうん」

「沖縄がキジムナーみたいなものだ。沖縄というキジムナーに襲われて人間の心は鉛のように重たく動けなくなり、自由に生きようとする心は死んでしまう」
・・・そして、「なんくるないさ」と言いながら人間として自由に生きる努力を止めてしまう。人間として自由に生きるのを諦めた絶望のことわざである「なんくるないさ」が、本土の人間がいる表の世界では、「なんとかなるさ」という楽天的な意味に転換する。キジムナー伝説と同じように・・・
女は男の額に手を当てた。

「英次さん、熱があるんじゃないの。変なことを言って」

「変なことは言っていないよ」

「言ってるわよ」

男と女は顔を見合わせて笑う。

村から犬の遠吠えが聞こえてきた。女は思わず男に擦り寄る。満月は煌々と海の上に浮かび、満月のまわりを漂う雲は柔らかに白く輝いている。

「恵美さんは東京でファッションデザイナーをやっていたのだろう」

「ええ」

女は男の肩に顔を寄せて水平線を眺めている。

「ファッションデザイナーの仕事に未練はないのか」

「さあ、あると言えばあるし、ないと言えばないし、それが私の運命と考えてしまえばいいこと」

「そうかなあ」

「そうかなあ」

女は男の言葉を真似た。女はこのまま幸せな気分に浸っていたかった。


ザザーと、さざ波が浜辺の砂と戯れている。

女性が母親になった時、子供を育てるために自分の夢を犠牲にするということは正しいことなのか。女性が人間としての夢を犠牲にしてまで子供を育てるということが、育てられる子供に、女性の夢を断念させるほどの価値があるのだろうか。いつしか、夢を断念した女性は断念した夢の重さを子供に背負わせる。断念した夢の重さで子供を縛る。子供は母親の断念した夢の重さを背負って生きなければならないのだろうか。子供は母親の断念した夢の重さに縛られなければならないのだろうか。あなたも母親の本能で子供を縛るだろう。僕が母親に縛られたように。母親の呪縛を解くのはとても困難だ。僕は母親の反対を振り切って東京に行った。そして、母親の呪縛から自由になった。沖縄に居れば母親の呪縛から逃れることはできなかっただろう。

「雄太ちゃんは恵美さんのお腹の中で育った。そして外界に出た。外界に出た時から雄太ちゃんは恵美さんではなくなった。いや恵美さんのお腹の中にいる時も雄太ちゃんは恵美さんではなかった。雄太ちゃんは雄太ちゃんの目口鼻手足。恵美さんの目口鼻手足ではない。恵美さんと雄太ちゃんは別々の人間」

「でも母と子よ。他人ではないわ」

「他人ではないが別々の人間。同じ遺伝子であっても別々の人間。恵美さんの手は雄太ちゃんの手ではない。雄太ちゃんの足は恵美さんの足ではない。恵美さんの手が感受するものは雄太ちゃんの手が感受するものではない。雄太ちゃんの涙は恵美さんの涙ではない。恵美さんの笑いは雄太ちゃんの笑いではない」

「いえ、雄太の悲しみは私の悲しみ。雄太の喜びは私の喜びよ」

「雄太ちゃんの悲しみと恵美さんの悲しみは違うものだ。雄太ちゃんの悲しみは雄太ちゃんだけの悲しみ、恵美さんの悲しみではない」

女は男の話が理解できなくて首を傾げた。

「雄太ちゃんが喘息の発作で苦しむことと恵美さんが雄太ちゃんの喘息の発作を見て苦しむこととは違う苦しみ。雄太ちゃんが元気になって公園を走り回る喜びと恵美さんが雄太ちゃんの元気な姿を見る喜びとは違う喜び。雄太ちゃんは喘息の苦しみなんか忘れて単純に走ることを楽しむ。恵美さんは喘息の発作で苦しんでいた雄太ちゃんの姿を思い出しながら目の前で元気に走っている雄太ちゃんを見て喜ぶ。すでに恵美さんと雄太ちゃんの過去に対する記憶だって違ってしまっている。喜びも違っている。恵美さんの雄太ちゃんへの愛は雄太ちゃんの恵美さんへの愛と同じではない。恵美さんが雄太ちゃんを深く愛しても、雄太ちゃんが恵美さんを恵美さんの愛と同じくらいに深く愛することはないかも知れない」

「母の愛は無償の愛よ。私は雄太になにも望んでいないわ」

「いや、愛の見返りを望んでいる」

「望んでいないわ。英次さんは私の母としての愛の深さを知っていない」

「恵美さんは雄太ちゃんが健康になることを望んだ。恵美さんの望む見返りは雄太ちゃんが健康になること」

男が当たり前のことを言ったので女は苦笑した。

「恵美さんは言う。あれは喘息に悪いからやらないで、これは喘息にいいからやりましょう。街は空気が悪いから行かないようにしましょう。山に行きましょう。海に行きましょう。夜更かしは絶対駄目。恵美さんは雄太ちゃんの健康を望む。それが恵美さんの愛。恵美さんの愛の見返りは雄太ちゃんの健康」

女の思っている通りのことを言われて、女は男の話が気になった。

「母親の愛は増長していき愛の見返りも次第に増長していく。恵美さんもいつか僕の母と同じように自分の夢を雄太ちゃんに強要するのだろうな」

「私は強要しないわよ。絶対に」

女は不機嫌になった。

「私は英次さんのお母さんとは違う。私は母親として当然の選択をしただけ、雄太の将来は雄太が決めること。私は雄太の人生を束縛するようなことはしないわ」

「沖縄ですくすくと健康に育てたことを雄太ちゃんが恨みに思うことは百パーセントないと恵美さんは信じて疑わない」

信じて疑っていないことを信じて疑っていないと男に言われて女は困惑した。

「人間は健康が第一よ。喘息を治すために沖縄に住んだことを雄太が恨むことはあり得ないわ」

「恵美さんは健康第一をモットーにして生きてきたのですか。健康であることは大事だが、健康第一で生きるなんて人間にはできない。夢、欲望、快楽、幸福を求めて生きるのが人間。恵美さんが喘息になった時に、恵美さんは健康になる目的で沖縄に移り住むことを選んでいただろうか、ファッションデザイナーの仕事を捨てて」

女は返答に困った。

「私は母親よ」

「子供が居ない独身の恵美さんだったら東京を捨てて沖縄に住むことを選んだのかどうか

ということです」

「私はすでに雄太の母親なの。それ以外の何者でもない。雄太の居ない私は考えられない」

「雄太ちゃんが大きくなった時、雄太ちゃんは大都会東京にあこがれるかもしれない。大都会東京で育ててくれなかったことで恵美さんを恨むかも知れない。雄太ちゃんは東京の中学か高校進学を望んで恵美さんの両親を頼って東京に行くかも知れない。恵美さんを沖縄に残して」

突然女は孤独に襲われた。目の前の男が冷酷な存在に感じられた。子供の雄太が遠い所へ去っていくように思われた。女の心が弾けた。

「東京東京東京。なにが東京よ。なにが世界でトップの都会よ。東京はストレスとプライドと金欲が縦横無尽にはりめぐらされた世界だわ。欲望とストレスで人の心はゆがんでいる。東京で生きている人はみんな東京で生きていることに高いプライドを持っている。ホームレスでさえ東京で生きているというプライドを持っている。ストレスとプライドだらけの世界、それが大都会東京よ。人々は秒針に脅迫されて動き回り、日本のどこの人間よりも鼻を高くして、日本のどこよりも大量の薬を飲みながら生きている。ボロボロの神経をプライドと薬で騙しながら生きることがそんなに素晴らしいことなの」

女は喚いた。涙を流しながら喚いた。

「雄太は私の子供。雄太が東京へ行くことを私は許さない。雄太が東京の人間になることを私は許さない。英次さん。あなたはひどい人。冷たいひと。私と雄太を引き裂きたいの。

雄太は英次さんの子供ではないから。英次さんは私ひとりが欲しいから、雄太を私から引き離して私だけを英次さんのものにしようとしているの。でも雄太は私の子供。私だけの子供。雄太と私を引き離そうとする英次さんは嫌い。私は帰る。私は雄太の所に帰る。さよなら」

女は砂浜を乱暴に歩いて男から遠ざかっていった。突然の女の怒りに男の心は凍りついた。女がファッションデザイナーの仕事を辞めたのは人間的不幸であることを納得させようとして話しているつもりがあらぬ方向に話がそれてしまった。男は女を追いかけようとしたが体が硬直して立ち上がることができなかった。「待ってください恵美さん」と叫ぼうとしたが、声が喉に詰まって叫ぶことができなかった。女は遠ざかっていく。どんどん遠ざかっていく。女にさよならを告げられても仕方のないことを話してしまった男は離れていく女を見ながら絶望が大きくなっていった。

女は歩くのを止めた。立ち止まり、海のほうを見つめた。女はうずくまった。

星空。満月。雲。砂浜。打ち返すさざ波。白く映える波の泡。満月が放つ光はうずくまっている女をやさしく包んでいる。

男は立ち上がり、女に近づいていった。女は海を見つめていた。

「恵美さん」

「こんな悲しい別れ方はしたくないわ」

海を見つめている女は呟いた。

「僕は別れたくない」

「私ね。英次さんと話している時、いいようもない孤独感に襲われたの。雄太と英次さんが一瞬の内に闇の彼方に消えていくように思えた。今までに体験したことのない孤独感だった。それで取り乱してしまったわ」

女は男を見て微笑んだ。

「英次さんとは今日が最後の日。私は英次さんの話を最後まで聞くわ。私も話したいことは全て話す。悔いを残さないために」

女は立ち上がって男と向かい合った。滝のように流れ出た涙が女の心を清々しくさせていた。女は男の腕を抱いて砂浜を歩き出した。

満月は
西の水平線の上から
砂浜の男と女を照らし、
寄り添う男と女の長い影は
ひとつになり、
凸凹の砂の上を
くねくねと踊りながら

移動していく。

「私は雄太を愛している。雄太が喘息で苦しむのは私の苦しみ。雄太の喘息を治すために私は沖縄に来た。雄太は元気になった。私と雄太は沖縄に住み続けることにした。それは自然の流れ。自然の流れは必然の流れ。私にとってはね。それが悪いと言うの」

「悪い。恵美さんは自分の夢を捨てた」

「雄太の健康に比べたら私の夢なんて大したことではないわ。英次さんは私のファッションデザイナーとしての才能を過大評価しているのよ。私には才能なんてなかったわ」

「才能の問題じゃない。仕事をしている時の喜びのこと。恵美さんがデザインの話をしている時は目が輝いていたし夢見る目をしていた」

ありがとう。そう言われると本当はうれしい。デザインの仕事は楽しかったしやりがいがあった。私の本音はデザインの仕事を続けたかった。あなたが認めてくれるのは嬉しい。でも、デザインの仕事に熱中した私は離婚をし、雄太を喘息にした。雄太が喘息になったのは私の責任。私は母親失格。今の私は口が裂けてもデザイナーに戻りたいとは言えない。

「でも雄太の成長を見ている方がもっと楽しい。生き甲斐がある。雄太と一緒に居る時が私の喜び」

「子供を育てる喜びと仕事をする喜びは違う喜び。子供を育てるのは母親としての喜び。仕事をする喜びは人間としての喜び」

あなたの言う通りだわ。でも両立させるのはとても困難。あなたとなら私もデザインの仕事ができるかも。でも、東京は駄目。激しい競争社会の大都会東京では仕事に無我夢中になって、雄太を再び病気にしてしまう。でも、東京の田舎に住めばなんとか仕事と育児を両立させることができるかもしれない。いえ、東京は競争が激しいから仕事に無我夢中になってしまう。いえ、マイペースでやればなんとか両立できるかもしれない。いえ、やっぱり東京は・・・・・・揺れ動く女の心。女は頭が混乱してきたから、

「英次さんの話は難しくて分からない」

と、男の話をはぐらかす。

女は男と暮らしたい。しかし、東京には行きたくないから、男と沖縄で一緒に暮らすことを望む。テザイナーに理解のある男となら沖縄でも好きなデザインの仕事ができるかも知れないと淡い夢もふくらむ。

「英次さんは東京のストレスに負けてお母さんの居る沖縄に帰って来たじゃない。英次さんはお母さんの元に帰ってきてストレスは治ったのでしょう。母は偉大なのよ。母の慈愛に満ちた胸の中で英次さんの心は癒されストレスは解消された。英次さんはお母さんから脱出はできなかったし脱出する必要もなかった。母と子の絆は永遠に繋がっているのよ」

女は男を沖縄に引きとめようとする。

「それはそうかも知れない。ストレスが治ったことは事実だ」

「英次さんが生きていくのにふさわしい場所は沖縄だわ。私と一緒に沖縄で暮らしましょ

う」

女の説得に男は返事に困る。
・・・肉体や神経が健康になることだけが幸せであるとは言えない。人間としての幸せとはそんな単純なものではない。肉体や神経がボロボロになり苦痛の日々であっても人間としては幸せであることもある。東京には東京の幸せがある。僕は東京の幸せを選ぶ。でも、あなたと暮らしたい。あなたと幸せになりたい・・・揺れ動く男の心。

水平線の彼方に沈もうとしている満月は砂浜の男と女をやさしく見つめている。

男と女の目が合った。強い引力に引かれたように二人の唇が合わさり、お互いの愛を求めて口中の舌はもつれ合った。男は女を抱きしめた。女も男を抱きしめた。

いつの間にか白んできた浜辺。バサバサッという音に二人は我に帰って体を離れた。

どこからともなく大きな一羽の海鳥が飛んできて、二人をかすめて波打ち際に舞い降りた。舞い降りた海鳥は餌を探しながら頭を振り振り歩きだした。予期せぬ海鳥の襲来に驚いた男と女は顔を見合わせて苦笑した。


夜が明けた。

満月は水平線の彼方に沈み、

空と海は青色に輝きだし、
雲は茜色に染まっている。
海辺の岩のすすきが風に揺れている。
大きな海鳥は忙しく水辺をついている。
波は静かに砂浜に寄せては返している。
男と女が去っていった砂浜。
誰もいない砂浜。
朝の砂浜。

男は東京へ行くのか。
男は東京へ行かないのか。
女は沖縄に留まるのか。
女は沖縄を離れるのか。
男と女、
どんな幸せを求めて生きるのか。
はて、幸せとはなんぞや。

一九七一Mの死
二〇一五年三日十日発行
著者　又吉　康隆
1948年4月2日生まれ。
沖縄県読谷村出身、
琉球大学国文科卒、
著作
沖縄に内なる民主主義はあるか

編集・発行者　又吉康隆
発行所　ヒジャイ出版
〒　904-0314
沖縄県中頭郡読谷村字古堅59-8
電話　〇九八-九五六-一三二〇
印刷所　東京カラー印刷株式会社

沖縄に内なる民主主義はあるかＡ５版１６２０円（税込）・１５００円（税抜）

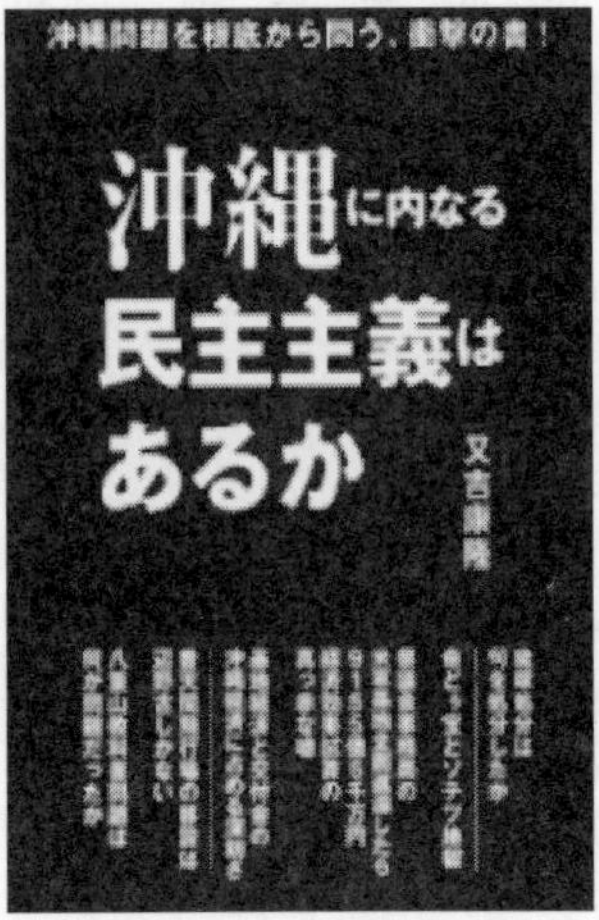

「沖縄に内なる民主主義はあるか」は全国の書店で購入できるようになりました。取次店は地方・小出版流通センターです。書店に申し込めば３日から一週間以内に届きます。

○琉球処分はなにを処分したか
○命どぅ宝とソテツ地獄
○県議会事務局の米軍基地全面返還したら９１５５億５千万円経済効果の真っ赤な嘘
○普天間飛行場の移設は辺野古しかない
○八重山教科書問題は何が問題だったか